AF439177

Páginas olvidadas

NOVELA

Rafael B. Sariol Fernández

Páginas olvidadas
Copyright © 2021
Rafael B. Sariol Fernández

Novela

Diseño y diagramación: BEGA editora
Diseño de portada: Benjamín García BEGA editora
Fotografía de portada: Fuente externa

ISBN: 9798775028893

Library of Congress
Copyright Office
Registration Number
TXu2-00273-617

Dedicatoria

Este pequeño libro se lo dedico a mi padre Rafael Sariol,
el cual abandonó este mundo,
para irse a vivir más allá de los sueños.
Te quiero mucho padre y nunca olvidaré
lo bueno que fuiste conmigo.

Prefacio

Juan el soldado, fue una leyenda urbana, de esas que toman fuerzas en algún momento de la vida. Cuentan los que lo conocieron que era una persona mística, que se entregó a la noche en su contemplación, soñaba despierto y decía cosas raras cuando miraba el cielo. Se le veía escribir mientras tomaba algo de vino tinto, su bebida favorita. Deliraba con un amor que se lo había llevado el cielo, el cual lo esperaba al filo de la oscuridad casi al rayar el alba cuando se hace más negra la noche. Declamaba poesías a los que en algunas noches nos reuníamos haciendo fogata para calentarnos del frío desolador que nos agobiaba. Era alegre y soñador como nadie que haya conocido, mayormente se alejaba del banco que dormía, en especial los fines de semana. Decía que iba al cementerio donde reposaba ese gran amor adorado y que no veía llegar el día de estar junto a ella para siempre.

Pasó un tiempo sin saber nada de él, las noches se habían tornado monótonas sin la presencia de tan conspicuo personaje, entonces decidimos ir a su encuentro, donde nos había contado que pernotaba junto a la mujer que amaba, así estuvo, llegamos al cementerio y tratando de escalar la verja nos sorprendió el vigilante que rondaba por el entorno y sin decirles nada entendió el propósito de nuestra visita, en el momento nos asustamos, pero él rápido nos calmó diciéndonos, —Está bien—, yo sé por qué han llegado. Su amigo ya no está entre nosotros, se marchó al lugar donde él deseaba estar, lo encontré al pie del sepulcro de su amada, sin aliento, abrazado de su tumba que tanto cuidaba cada vez que venía a colocarles las flores que siempre le traía. Yo, después de consultar al jefe y contarle la historia de ese hombre, conseguí permiso para enterrarlo junto a ella, historia que me contó la madre de la difunta cuando vivía, que venía a visitarla cada semana. Es como una novela triste y le he pedido permiso para leer el diario que dejó tirado y algunos papeles más que volaban con el viento a través del camposanto, los cuales he estado leyendo y me parecen tan interesantes que los convertiré en historia que haga honor a tan hermosa leyenda de amor. Los amigos que vinieron a su encuentro se alejaron en sollozo sin decir nada, al saber lo sucedido.

Era una noche lluviosa y muy oscura, una de esas, donde el recuerdo llega a tu memoria de cosas que han marcado tu vida para siempre; –cosas que ya creías olvidadas.

Es difícil borrar de tu ser el pasado que vive como lastre acosándote por doquiera que camina; más, en la condición que se encuentra, –Juan el soldado–, que hoy marcha de prisa arrastrando su carrito lleno de basura y botellas vacías, que cambiará por unos cuantos centavos para tomarse un té caliente que le mitigue el hambre y el frío de esta noche: –que le está congelando el alma.

Llevaba prisa de cruzar antes que el semáforo cambiara, debía llegar para que no le cerraran el local en el que canjeará las botellas, pero cuando se disponía a cruzar las piernas les fallaron, cayendo de rodilla como implorando al cielo, el carrito que llevaba se desbocó chocando con uno de los automóviles que esperaba su turno para continuar, las botellas rodaron por todo el pavimento, enredándose en los pies de los transeúntes que enojados las pateaban. Como pudo se paró hasta alcanzar la orilla, de pronto, escuchó una voz que le gritaba: –viejo estúpido quite su basura del medio que me está estorbando el paso–, ¡fue una noche difícil!, pero ya estaba acostumbrado a los insultos de la gente que por lo regular se ensañan con los que andan deambulando por las calles de la ciudad.

En repuesta a su disgusto se puso a recordar su pasado de "gloria", la medalla de "honor" que recibió por su valentía en la guerra cuando estuvo en Vietnam, "dizque defendiendo la patria." Y el recibimiento que le daba su familia cuando regresaba a casa. Recuerda la última vez que vino para quedarse, había terminado su contrato con el ejército, venía a estar con los suyos. Los niños lo recibieron con entusiasmo, era su héroe, tenían que tratarlo como tal. Su esposa esta vez lo recibió con frialdad, estaba enamorada, tenía un amante a quien atender, su llegada le estorbaría el nuevo romance. Ella prefería que firmara un nuevo contrato con el ejército para asegurar el sustento que él le daba para ella y sus hijos. Pronto empezó la sospecha de lo que estaba pasando, entonces entristecido y humillado se refugió en el alcohol y otras drogas que ya usaba cuando estaba en combate. No tuvo otro remedio que abandonar su casa, para irse de trotamundos.   Los niños fueron creciendo en su ausencia hasta convertirse en adultos que ya casi ni veía.

Con el correr de los años muchas cosas sucedieron, buenas y malas, cosas que marcarían su destino para siempre. Durmiendo en los parques, acostumbrado a pasar hambre y lo poco que conseguía únicamente le alcanzaba para comprar un poco de alcohol que era lo esencial para mitigar el frío de esta noche, que parecía eterna.

Hoy llega a su memoria los países que logró visitar en su largo peregrinar por Europa, Asia, África y Suramérica, en el que tenía amigos y varias amantes, que llenaban de placer el momento, derrochando todo lo que conseguía, dando rienda suelta a su imaginación hasta gastar el último centavo. Ahora sólo le queda el recuerdo de aquellos días de farras y tormentos.

Primera parada, —París— una ciudad cosmopolita llena de leyendas, asida a un pasado de gloria, que hoy en día se puede decir que es el centro de atracción de la Europa que todavía conserva su aire de grandeza de la época medieval; con sus grandes monumentos que se distinguen por ser los más visitados en todo el planeta. Fábulas de grandes amores que murmura el viento al cruzar cada esquina de la bella ciudad, que inspira a poetas nativos y visitantes al suspiro del amor que se torna en versos fugases creado en el pensamiento y que algún día serán plasmados en papel para el deleite de los que gustan de una buena poesía. ¡Oh! París La bella, como te recuerdo hoy sentado en un banco de este parque, soportando el frío de la noche, viendo pasar los automovilistas a toda prisa que van rumbo a casa para descansar cómodamente junto a la familia. Y yo aquí sentado mirando el cielo sin luna ni perseidas que iluminen la noche; divagando el pensamiento entre cigarrillos y alcohol que me enajenan hasta quedar dormido.

Estuve soñando con los sitios históricos que visité: como El Arco del Triunfo, El Museo del Louvre, La Ópera Garnier, La Torre Eiffel, el Palacio de Versalles, Las Catatumbas de París en el que a veces me escondía bajo su laberinto para ocultar el pecado y otros tantos lugares, que me faltó noche para soñar. Pero cuando amanece me confronto con la amarga realidad de lo que estoy viviendo, envuelto en trapos viejos que me regalan algunos buenos samaritanos para que no me muera de frío.

Prosiguió la noche, continué soñando con algunos otros lugares que conocí, buscando yo no sé qué, después de haberme paseado por Europa, acompañado de lindas damiselas, que desvelaron mis madrugadas; marcándome para siempre en el buen beber, degustando un excelente vino, a veces un exquisito champagne, para brindar por la vida, en el goce de un cuerpo desnudo, que saciará mi sed de amar hasta el cansancio, para luego quedar dormido sin pensar en lo que me tenía guardado el camino….

Así residió mi vida cuando estuve ausente de esta ciudad en donde llegué siendo un niño, agarrado de la mano de mi madre, que murió después que me alisté en el ejército, en plena acción. Estuvo difícil para mí aceptar su partida. Ella fue lo único que realmente tuve en mi vida. Aparte de mis hijos que por los desdenes que me sometió la vida, de largas ausencias abandoné.

Después de tanto tiempo regresé a mi Barrio, "Aún era joven y podía empezar de nuevo". Ya había renunciado a estar viajando por todos esos países que recorrí y vine a sentar mi estadía en la ciudad que crecí al lado de mis amigos de la infancia. Los que cuando regresé la mayoría de ellos se habían mudado del Barrio, otros tenían su propia familia y nuevos compromisos con la sociedad en que vivían. Entonces me sentí solo, empecé a buscar trabajo que no conseguía, llené cientos de solicitudes, compraba todos los periódicos tratando de hacer algo para poder mantenerme y no depender de mi tía Matilde, hermana de mi madre, la que me dejaba dormir en su casa y me daba de comer, siempre me recordaba que tenía que empezar a trabajar.

Estuvo difícil seguir adelante, pero era el momento, había cumplido los cuarenta y pico de años, no tenía mucho tiempo que perder, los empleadores preferían gente con menos edad de la que yo tenía, no poseía una profesión. Sólo había hecho el bachillerato antes de partir a la guerra y lo mejor que sabía hacer era empuñar el fusil, el cual hacía mucho había abandonado para dedicarme a la vida civil.

Pasó el tiempo, fui juntándome con gente que estaban trabajando en puntos de drogas que existían en cada esquina. Me ofrecían trabajo, yo siempre me negaba a ser parte de eso, pero llegó el momento que no me quedo más remedio que acceder a empezar con uno de los grupos que vendían; al principio estuvo difícil, pero luego te vas acostumbrando y empieza a conseguir dinero "fácil" y comienza a sentirte bien, a verte como uno de ellos y vas haciendo legítimo tu trabajo como cualquier otro y sin darte cuenta la circunstancia te atrapa, sin tener otra oportunidad más que ésta.

Pasaron algunos años, yo seguía vendiendo mi mercancía en una esquina del Barrio. Ya tenía mi propio apartamento y varias mujeres, a las que le hacía el favor de darle la cura de vez en cuando, ellas me pagaban con lo único que tenían: "su cuerpo".

La vida continuaba, vivía en un mundo lleno de miseria espiritual, era el que me había tocado estar; además el negocio iba en progreso, ya trabajaba para mí, era mi jefe y tenía algunas personas que vendían mi producto. Pasaba las noches tomando whiskey del bueno, gastando a derroche en los bares que acostumbraba a frecuentar, me sentía realizado, dueño de cuanto se movía en el Barrio, hasta gozaba de tener dos guardas espaldas que me protegían si alguien me buscaba problemas. Compré un carro último modelo que mayormente se pasaba depositado dentro de un estacionamiento privado. Yo estaba contento con mi vida, a veces me venía a la memoria mis dos hijos, que hacía tiempo no veía y ni siquiera sabía en donde estaban.

El recuerdo de mi madre, cuando a solas me encontraba, me hacía llorar, evocaba los buenos consejos que me daba, pero ya era tarde para cambiar de vida, estaba resignado a mi destino. Sabía que el que está metido en drogas, tiene pocas opciones para escoger: "la cárcel o la muerte violenta y traicionera", es lo que te espera. Pero a mí, ya eso me tenía sin cuidado, lo que importaba era ganar dinero, para poder seguir manteniendo el puesto que me había ganado con esfuerzo. Peleando por el territorio que dominaba y no ser desplazado por otro grupo o individuo, que me viniera a usurpar lo que con mucho esfuerzo había conseguido.

La lucha era día a día, no podía bajar la guardia ni un momento. Mis hombres estaban bien armados para repeler el enemigo que siempre estaba al acecho, esperando un descuido tuyo para entrar en acción.

Así marchaba la vida, aparte del enemigo común también tienes que cuidarte de las autoridades que saben en lo que tú andas y quieren agarrarte de forma infraganti para hacerte un caso que no puedas salir por mucho tiempo de la cárcel.

La tensión es fuerte, pero es parte de ese trabajo, el peligro te hace vivir, ya que te aumenta la adrenalina a millón y eso da un goce interno que no se puede comparar con nada en la vida. "Eso es más potente que una dosis de heroína en el momento justo que lo necesita". Por lo tanto, los que incursionan en este negocio se les hace difícil salirse, no hay regreso y aun tú lo desearas las circunstancias no te lo permiten, está comprometido con unas series de cosas que te encadenan a seguir, sólo con la esperanza de retirarte algún día.

Pasó el tiempo, el negocio marchaba viento en popa, había crecido más de lo esperado; las ganancias superaban con creces los primeros años. Ya compraba directamente en Colombia en donde viajaba varias veces al año a encontrarme con mis proveedores que me esperaban con gran entusiasmo, las compras eran cada día mayor. Las ventas al menudeo de mi esquina la hacían mis trabajadores, yo únicamente me dedicaba a supervisar las ventas a gran escala. Había subido de categoría, conocía bien el negocio, ganaba bastante dinero como para comprar lo que quisiera, me cuidaba lo más que podía, para que no me fueran a secuestrar. Pero como todo en esta vida, cuando hay mucho dinero hay mucha envidia y mucha traición. Presentía que era hora de retirarme a otro lugar, hacer una nueva vida, tenía lo suficiente para vivir cómodo. Conocí diferentes historias de gente que como yo comenzaron con nada, llegaron a la cúspide de la montaña, pero después de tanto trabajar algunos son traicionados por su propia gente, y amanecen con la boca abierta en algún lugar, otros son arrestados, así van sucediendo los acontecimientos del día a día y cada cual va teniendo su propio destino en un negocio tan volátil como el propio polvo que vende para saciar la ansiedad de tus clientes. Todavía así, nada me ha pasado aún; pero la muerte ronda cada esquina y los acontecimientos no se detienen.

Mañana me iré de rumba, voy a visitar una nueva discoteca, será la fiesta inaugural. "Hay que entretenerse con algo", de paso me junto con mis compradores, que también pasan las noches haciendo lo mismo que yo, tomando tragos y negociando. ¿Por qué no? si el dueño es amigo mío, un buen cliente, tiene otras dos discotecas y yo soy quien lo suplo de las diferentes drogas que están de moda hoy día.

La noche es joven, este ambiente está de maravillas, estoy platicando con una chica que me gusta mucho, a ella le encanta el perico de calidad como el que yo siempre tengo para mis amigas, que después de dos pases ya están listas para mí, entonces la noche es nuestra hasta el amanecer.

Pero cuando despierta el día la resaca es grande y hay que regresar al trabajo para poder seguir disfrutando y derrochando dinero y energía a granel. También acabo de conocer otra chica muy interesante, no es del montón, cuando le ofrecí un pase, me contestó tajante, que ella no probaría esa porquería, — ¿porquería? le dije–, si es de la mejor que hay en el mercado. No es lo que te quise decir, –dijo ella–, yo no entiendo de eso, lo que te digo es que yo no uso drogas de ninguna. Me sorprendió mucho, era la única que había conocido en este ambiente que no usaba de nada. La invité a bailar y accedió, era una chica bella de mirada alegre, le pregunté su nombre y enseguida me dijo que se llamaba Karina, había llegado allí acompañada de una amiga que también está bailando junto a nosotros, la cual me presentó. Terminada la pieza musical se acercó a la amiga, las dos salieron del local, no sin antes decirme hasta luego. No quiero que te vayas —le dije—, pero ella me contestó que era tarde y tenía que regresar a su casa como les había prometido a sus padres. "No podía creerlo que todavía haya chica así, que consideran a sus progenitores", eso me llenó de alegría pensar que no todo es oscuridad, que hay gente que vive una vida decente aun con toda la maldad que hay hoy día. Volví al lugar en el que estaba antes, comencé a platicar con la otra chica que había estado conversando, se mostró un poco disgustada porque la había dejado sola para irme a bailar con una extraña. Así se fue la noche.

Ya en mi cuarto a solas, quería soñar con Karina, que despertó en mí un sentimiento que hacía mucho no percibía.

A la mañana siguiente me despierto con una mala noticia, uno de mis guardaespaldas, que tenía la noche libre, lo mataron de varios balazos, hay rumores de que la policía anda interrogando a aquellos que lo conocían, para su identificación. Me tocó a mí llamar la familia a la Isla para que sus hermanos vengan a repatriar el cadáver de Ezequiel. Siempre suceden cosas inesperadas en este camino. No se goza de paz. Cada día pasan sucesos que pone a uno a pensar, de cuándo me tocará a mí.

Pasaron varios días de su muerte, nadie lo iba a reclamar a la morgue; su familia de la isla no me había contestado el teléfono, creo que sabían en lo que estaba metido, no les interesaba recoger el cuerpo. Seguí insistiendo hasta que una hermana suya me contestó, me dijo que no estaba en condiciones para hacer el traslado de su hermano y luego el entierro allá en la isla, rápido le dije que viniera que yo le costearía todo, sin más entendió y al día siguiente ya estaba aquí.

La vida pasa de prisa, —me dije–, no sabe uno cuando le tocará marchar, porque cada día se libra una nueva batalla a la que hay que enfrentarse con valentía, para triunfar o morir en el intento. No hay sol que caliente tus huesos cuando está debajo de la tierra, pero ahí en lo profundo de tu catacumba, nuevas vidas nacerán de ti, para hacerte perpetuar en el tiempo, sin importar si lo hiciste bien o mal.

Transcurrieron varios meses, ya me había olvidado de Ezequiel, cuando se produjeron varios arrestos en mi bloque. Algunos de mis hombres cayeron presos, hablé con mi abogado para que atendiera el caso, me tocó ocultarme por algún tiempo, hasta que pasara la mala racha. Yo sé que me querían a mí, y no tuve otro remedio que esconderme. Ahora hay que ver si está algún informante metido entre nosotros, porque esa es la manera que opera la policía de narcóticos. Tengo que ver quien se descubre sospechoso, entonces hay que actuar y mandarlo al otro lado de donde no se regresa.

Más tarde todo volvió a la normalidad, el negocio marchaba como antes. Tres de mis hombres que habían caído presos, no les probaron nada, ya que no les encontraron material encima, sólo la sospecha de que vendían. Fue una redada equivocada de las autoridades, que no lograron el objetivo que perseguían. Objetivo, que probablemente era yo.

La vida prosigue sin que nadie detenga su paso. Porque con el tiempo todo llega a la normalidad; sigue uno haciendo lo mismo que hacía ayer. Así fue, las aguas bajaron a su cauce original, entonces prosiguió el caminante cruzando el río, sin que la corriente estorbara su andar.

Después de cada persecución de las autoridades, se va uno poniendo más escurridizo, porque sabe lo que te espera si te agarran. Aprende uno de cuánto tiempo puede pasar encarcelado. Todo dependiendo de la cantidad con que te sorprendan y tu posición dentro de la organización donde trabaja. En mi caso si se comprueban el monto de mis negocios, me votan la llave para que no salga nunca más. Además, entiendo que este es un buen negocio para el gobierno, confiscarte todo lo que posees, drogas, propiedades, dinero y tu libertad, que es lo más valioso que tiene un ser humano, lamentablemente cuando estamos libres no lo apreciamos como debiera de ser.

Pasaron algunos meses, desde aquel día que inauguraron la discoteca de mi cliente, en donde conocí la chica buena, no la he podido borrar de mi mente, siempre pienso en ella como la salvación de mi vida; a la vez estimo que si la conquisto ella estaría en peligro conmigo y eso me atormentaba, que por mi culpa algo le fuera a pasar.

Todo continuaba, los días se iban de prisa, las noches eran para soñar fantasías, derrochando la vida, pero qué importaba si el barco hacía tiempo había desviado su curso; andaba a la deriva por culpa de la tormenta, que no cesaba de golpear con fuerzas su ya debilitada cimiente. Aquello, siempre fue para mí como vivir en el aire, fabricando casitas de cartón, que en cualquier momento la brisa las derrumba. Necesitaba algo diferente, algo que importara en mi vida, que me diera una razón para continuar y ver si algún día se cumpliera el sueño del gitano, de tener sus propias tierras. No es el dinero –me decía–, el dinero no es de nadie, viene y va, hoy es mío y puedo comprar lo que me venga en ganas, pero mañana quién sabe de quién será. Todos estos pensamientos me vienen cuando pienso en Karina, la chica buena, la que sueño para forjar una vida juntos. Aún no sé cómo encontrarla, no la he vuelto a ver desde aquella noche en la discoteca.

Un día caminando por la ciudad, en una tarde veraniega, me sorprendió el destino, Karina, la mujer que durante un largo tiempo había soñado, me la tropecé de frente en una pequeña placita, estaba preciosa, me pareció ver a una reina vestida de blanco, su rostro radiante, pulcra como su pensamiento, igual al día que la conocí. Mi corazón saltó de mi pecho, asustado, nunca había sentido tanta alegría como aquella tarde, la miré a los ojos, estaba imponente como el sol que nos alumbraba, me acerqué con ligereza, tratando que no escapara, ella se mostró serena y sonriente, me miró como queriendo decirme que entendía mi prisa, que no me preocupara, que no tenía intención de salir corriendo. Le apreté la mano con fuerza y le dije, que nunca me había olvidado de ella. Que la extrañaba, que me gustaría saber si algún día ella se había acordado de mí. Sí –me dijo–, con esa franqueza que tiene la gente noble: "nada que esconder". Me emocioné mucho, quería abrasarla, pero no me atreví, más ella, que conoció mis intenciones, me retó hacerlo. Le di un abrazo profundo, con gran sentimiento, como nunca lo había hecho, ella me correspondió de la misma manera, fue algo que nos salió del alma y cuando nos separamos, al mirarla me di cuenta de que esta era la mujer de mi vida. Esto ha sido lo más hermoso que me ha pasado, –me dije–. Ella me miraba sin pestañear y sentí una tristeza en su mirada como queriendo decirme, que hasta aquí había llegado todo. Le dije que casi podía leer su mente, que me daba miedo lo que estaba pensando, lo entiendo y a la vez lo siento, –me expresó–, pero llevamos vidas distintas y en este mundo todo se sabe, aunque me sienta muy atraída por ti, mis padres no me perdonarían que tome un camino diferente a los que ellos me enseñaron. Adiós me dijo, no nos volveremos a ver. Hubo un silencio antes de decir algo más, ella se marchó, yo le grité: ¡te amo como nunca amé a nadie! y le dije ¡espera! no te vayas, pero fue inútil.

De nuevo, envuelto en la soledad, se fue y no me dejó ni un rastro de cómo encontrarla, es difícil, nunca había sentido tanto respeto y amor por una mujer, como siento por ella, que aún no conozco, pero que la llevo metida en mi ser, ligada a mi alma, que no descansa y sólo piensa en ella desde el día en que la conocí. Más hoy que la tuve en mis brazos, que sentí la tibieza de su cuerpo, el aliento de su pelo, la suavidad de su piel, me siento más enamorado que nunca, al punto de perder la razón. Después de este encuentro regresé varias veces al lugar a ver si la encontraba de nuevo; —pero no sucedió.

La vida proseguía y para desahogar las penas, cada día me dedicaba más al trabajo, por las noches a frecuentar la taberna, para matar la soledad. Hay veces que, aún esté rodeado de mil personas te siente solo, no sabes cómo llenar ese vacío que hay en tu vida, miras a tu alrededor y pareciera que todos los que te rodean se sienten de igual manera. No está viviendo, sino agonizando cada día. Inmerso en un mundo que no ofrece nada, que te quita el aliento de ese ser que lleva dentro, de ese ser bueno, que está reprimido y lo cambias por ese otro que arrolla cuantas bondades existieron dentro de ti, y que el destino, –que aún no creas en él, está allí para juzgarte y tu sentencia mayor es la soledad.

Los días no se detienen, los negocios tampoco, como de costumbre recibo llamadas de diferentes partes del mundo, hoy me llamó Jairo, mi proveedor de Colombia, para darme una buena noticia, "sólo me dijo que era buena", para saberlo tengo que viajar allí en esta semana, no me gusta viajar tan frecuentemente, pues queda uno fichado cada vez que lo hace. Narcótico sabe en qué andas y aunque no lo creas, se te van achicando los pasos, poco a poco. Esto es un juego matemático, como un tablero de ajedrez, donde se van perdiendo las fichas, al final te dan el "jaque mate".

Días después me fui a Colombia a entrevistarme con mi amigo Jairo, me ofreció la distribución de su producto para todo el estado de Nueva York, le dije que era muy buena su propuesta, pero, que debería pensarlo, me dijo que ya no viajaría más hacia acá, que lleva varios años en eso y es hora de apartarse un poco y dejar a otro dar el frente al negocio.

Tómate tu tiempo, —me dijo.

Ya de vuelta en mi barrio, lo consulto con algunos de mis amigos más cercanos, le hablé de la oferta, ellos están contentos, saben que, con este paso, ellos también se beneficiarían, ya que pondré a dos de ellos en el puesto mío y yo tendría que atender a otros distribuidores que, como yo venden al mayor a sus clientes. Este es un negocio como cualquier otro, únicamente que más arriesgado.

Pasado algún tiempo me comuniqué con mi amigo Jairo, le dije, que tomaré la oferta que tiempo atrás me había hecho. —Eso era lo que esperaba de ti me contestó—, y estoy encantado de oírte. Haré todos los arreglos para que comience esta misma semana.

Ya en mi nuevo puesto y con nuevas responsabilidades, empiezo a tomar el negocio más en serio y trato de no acostarme tan tarde como siempre lo he hecho. Ya tengo un mayor compromiso que antes no tenía y no debo fallar, pues dicen que, entre más alto está el sujeto, más fuerte es la caída. En esta posición lo importante es conocer con quiénes haces negocios, no sea que se te cuele un informante, que después de infiltrado comienza a mirar los por menores del oficio y te venden a las autoridades. Por el momento exclusivamente atenderé a los clientes ya conocidos o recomendados por Jairo.

Se acerca el otoño, los días se tornan grises, esta es la época de la nostalgia, recuerdo a Karina, así como la vi al principio del verano. Sólo hacen algunos meses y no la puedo borrar de mi memoria, tampoco trato de hacerlo, porque la llevo cerca de mí, así como el álamo al camino, según dice la canción. La sigo buscando, aun con pocas posibilidades de verla, el ajetreo del negocio me quita todo el tiempo. Pero, tendré que hacer un espacio para intentar encontrarla, decirle cuánto la extraño y que la necesito a mi lado.

Esta vez la convenceré de que juntos nos espera una vida, aunque deba dejar todo atrás, por ella lo haría con gusto. Tengo el deseo de vivir con una mujer como ella, la cual yo ame y me ame, para juntos ir por el camino de la felicidad.

Transcurridos los meses todo parece estar en orden, sólo la inquietud de lo desconocido, de gente que llega cada día a comprar, clientes nuevos, que aún lleguen con recomendaciones, se siente uno un poco paranoico, por todas las cosas que suceden a diario en este negocio. Ayer fue un día que estuvimos dos nuevos clientes, me preocupé porque ambos son desconocidos, aunque me lo trajo otro cliente, hay que tener cuidado, porque pueden ser federales que están haciéndose pasar por compradores. Esto ha sucedido otras veces con amigos que hoy están presos. Pero no puedo hacer otra cosa, cuando los envía un cliente de confianza hay que atenderlos, aun con cierta reserva.

En este negocio no se puede ir siempre por el mismo camino, hay que variar el modo de operar para que no te cojan pifia de como haces las cosas. En esto momento estoy cortando rutas por donde puedas entrar mi mercancía, tengo la ayuda de dos amigos que son expertos en búsqueda de nuevos caminos para el material y la entrega de dinero cuando hay que llevarlos a un punto específico. Es mucho la responsabilidad que hay con esto, pues son incontables los que se dedican asechar para luego darte el palo o mandártelo a dar.

Ya están aquí las navidades, me gustaría tomarme unas vacaciones, que hace tanto no lo hago. Puede que vaya a la isla a reencontrarme con algunos de mis familiares, tengo allí primos, un tío y una tía de quienes hace muchos años no sé, creo que desde que era chico y viajé con mi madre al extranjero, o tal vez porque no ir a Europa a recordar viejos tiempos que me hagan vivir el pasado. ¡Ya no sé lo que quiero! Porque la vida se va desvaneciendo en el tiempo y todo lo que tienes no sirve de nada, cuando en esa búsqueda eterna no tienes quién te acompañe, porque todo lo que te rodea no te hace feliz, entonces de qué sirve el dinero sin amor, puesto que el amor es el bien, la esperanza y la esencia de vivir, por lo tanto, lo más triste es sentirte vacío y solo.

Dejando atrás la nostalgia de los años que han pasado, el frío en los huesos que empieza aparecer, clavándote aguijones en tu carne ya flácida por el tiempo, que no perdona y que marcan cada día con lentitud, pero seguro de alcanzar su objetivo final.

Pienso que hay que aprovechar los momentos que te quedan, pues no sabe uno cuando partirá; y pensando en todo eso y un poco de titubeo, hice los preparativos para viajar a mi tierra, necesitaba un poco de descanso, botar por algunos días el estrés del trabajo y la rutina. Así que preparé el terreno, dejé todo ordenado con mis clientes y mis trabajadores y me marché.

Ya en la isla, me hospedé en un buen hotel. Después de instalado me fui a visitar mi familia, no recordaba nada de aquello, pero bastó una llamada para que me vinieran a recoger. Fue un día espléndido, alegre, pudimos hablar de tantas cosas de cuando yo era un niño, de todas las travesuras de la infancia. Mi tía ya era una viejita como de noventa años, mi tío algo igual, pero con una mente joven y hasta jovial. Hablamos mucho de mi madre y hasta de la tragedia de mi padre, cuando lo encontraron ahorcado en un palo del rancho de tabaco que tenía. Esto fue algo nuevo para mí, pues mi madre nunca me dijo como murió mi padre, disimulé el impacto que esta revelación me causó, proseguimos conversando, pero esto me pegó duro en mi corazón. Ahí empecé a recordar los años que pasé junto a él, de cuando me subía a su hombro y caminaba conmigo a través del campo de caña. Juntos nos bañábamos en el río. Recuerdo fue un buen padre y ahora entiendo el por qué mi madre se fue de mí tierra, nunca me comentó nada, quizá para que no sufriera. Creo que siempre hay una historia que contar, todos tenemos algo en nuestro pasado, que sale a relucir en el momento menos esperado. Lo mismo pasará conmigo cuando muera, otros contarán mi historia, donde saldrá a relucir lo bueno y lo malo de mi vida.

Después de caer la tarde y cenar con la familia, me despedí de ellos y le prometí regresar antes de irme para que compartamos un rato más. Pero uno de mis primos me dice que desde mañana comienza las fiestas patronales del pueblo y sería una buena oportunidad para disfrutar juntos. Le dije que estaba bien, que iríamos a deleitarnos una noche de este evento donde asisten casi todas las personas del lugar.

De regreso en el hotel, me doy una buena ducha parea así botar el calor de todo el día, pues nos acompañaba un sol brillante característico de la isla y de verdad disfruté mucho de mi familia, que también me trataron, con alegría, con humildad, con esa amabilidad que posee la gente del caribe. Luego me vestí y fui un rato al casino. Allí disfruté jugando cartas y me tomé unos cuantos tragos que me brindó la casa. Conocí una muchacha que jugaba cerca de mí, vi que ganó algunas manos, nos hicimos amigos y fuimos al bar, para seguir platicando. Tomamos algunos tragos más, me contó lo que vino a hacer a la isla. Venía de Nueva York a recoger algún material lo cual llevaba adherido a su cuerpo. Así se ganaba la vida cargando mercancía. Viajaba una vez por semana. Has corrido con suerte —le dije—, déjate enfriar para que no sospechen de ti. Aunque ella tuvo la confianza de contarme lo que hacía, yo no le hablé nada de mí, hay que tener ética cuando hace algo que está señalado como delito, no debe estar diciéndolo a todo el que conoce, le di un consejo y el número de uno de mis teléfonos, para que me llamara cuando estuviéramos en la ciudad.

Fue una noche divertida y mi recién conocida, amiga Jennifer quería acompañarme a mi habitación, pero me negué con el pretexto de que me sentía súper cansado y pasadito de tragos. Así que la llevé hasta su habitación número 42 y allí me despedí de ella.

Devuelta en mí cuarto me puse a pensar en Karina, mi amor, y me siento bien por no haberme acostado con Jennifer. Ella está muy hermosa, pero mi mente y mi corazón está junto a la chica buena, la que amo, al punto de no quererla engañar con otras.

Al día siguiente me despierto cercado el mediodía, una llamada de mi primo que está en camino hacia acá. Él tiene mucho que platicar conmigo y de paso nos reuniremos con el resto de la familia, para en la noche ir a las patronales. Estoy de acuerdo, no conozco a nadie más que a ellos aquí, total a eso vine.

En cuanto llegó nos fuimos a desayunar al restaurante. Él me contó cómo ha sido su vida aquí en la isla, que se graduó de la universidad, pero que de nada le ha servido, ya que no ha podido encontrar trabajo. ¿Qué tienes para mí en Nueva York? —me dijo—. No encontré una respuesta adecuada, pero, se me vino a la memoria lo del ejército, que vivía de la pensión que me pagaban. Me miró con suspicacia y —dijo—, usa ropa muy fina, no sé cómo haces para comprarla. Seguimos charlando y en eso me dijo, que algunos creen que soy muy rico y se comenta que eres un gran capo de las drogas. Eso lo comentó tu tía Matilde cuando vivía y que tu estuviste algún tiempo con ella. Te digo todo esto, no por molestarte, —me expresó—, sino, para que esté al tanto de lo que dice la gente y no caiga en una trampa, pues no me gustaría que te pase nada, aquí la gente es muy envidiosa. Te agradezco tú consejo, — le contesté.

Llegada la noche nos fuimos donde la familia, iba un poco pensativo por los comentarios de mi primo Alfredo, creo que tiene razón, lo malo corre como pólvora, lo bueno, la gente se lo calla, para no dar crédito al otro.

Duré un largo rato en casa de mi tía, me guardó bacalao con guineítos y ensaladas de hojas verdes; luego nos dirigimos a la plaza del pueblo, estaba súper colorida. Música por diferentes puntos de ésta. Un trío de guitarra me llamó la atención, entonando canciones de la época de mi padre de cuando yo era niño, lo recordé haciendo sonar en su toca disco de antaño, que en aquel entonces era de lo más moderno, todas esas canciones. Una gran nostalgia se apoderó de mí, al punto que algunas lágrimas rodaron por mis mejillas, me sentía viviendo en el pasado, recordando aquellos días y viendo a mi madre tarareando las canciones que mi padre escuchaba, ella metida en la cocina haciendo el guiso favorito de papá. ¡Qué días aquellos, nunca más volverán! –me dije.

Estaba maravillado con tantas chicas lindas que se paseaban, luciendo hermosos vestidos que parecían de famosos diseñadores, pero no es así, era gente del pueblo que soñaban con este momento para lucir lo mejor que podían, en especial las muchachas que anhelaban atrapar un buen candidato para salir del entorno y mudarse a la ciudad soñada. A la gran ciudad donde sus sueños se convertirán en realidad. Vi mucho amor, gente abrazada y besándose a la sombra de los árboles que erguidos deslumbraban con su verdor, cubriendo el desliz de algunos que no podían contener el encanto de tener a su amada abrazada a su cintura delgada y tibia por el ardor de su vientre enloquecido de pasión, tentada por el mucho magreo con su amado, que no bajaba la guardia y seguía abrazándola.

Por otro lado, se ven los viejos del pueblo, mirando los acontecimientos para luego salir a murmurar lo que han visto y oído de lo acontecido. Hay varios quioscos donde venden comidas y cervezas bien fría, me arrimé al más cercano, tenía mucha sed, pues aquí el calor agobia por la humedad del trópico. Mi primo no me daba tregua, anda a mi lado por donde quiera que me dirijo, mi otra familia, están sentados en los bancos cerca de donde está la sinfónica del pueblo, que hace bastante sonido y me molesta a los oídos. Pero yo sigo frente al quiosco, conversando con mi primo y tomando cerveza bien fría para matar la nostalgia que me produce estar en mi tierra. En eso me pregunta si estoy casado o tengo novia, le digo que ninguna de las dos. Y tú le replico, sí, tengo mi novia y pronto estará aquí, debe venir de camino. Ya la conocerás es muy simpática y linda. No pasaron diez minutos cuando la chica apareció, se llama Ariadna me la presentó. Este es mi primo del que te platiqué, mucho gusto me dijo, de igual manera le contesté. Seguimos conversando y me dijo que llamaría a una amiga suya que estaba de vacaciones para que la conociera, que estaba soltera, que era muy bonita, formal y un tanto sentimental, le contesté que en realidad no estaba interesado en conocer otra chica, que estaba enamorado de alguien que no sabía ni dónde encontrarla, pues vivimos en la misma ciudad y no nos vemos desde algún tiempo. Sabes, que a mi amiga le pasa lo mismo, está enamorada de un fantasma el cual ama con todas sus fuerzas y ni siquiera sabe el porqué. Según me dijo sólo lo ha visto dos veces y por poco tiempo, pero dice que es el amor de su vida. Me parece una mujer interesante le digo, ahora me gustaría conocerla, me ilusionan las mujeres así. Dime cuándo la conoceré, pronto, me contestó, la estoy esperando, debe llegar en cualquier momento.

Me puse un tanto nervioso al saber que la conocería. Me volví a la mujer del quiosco a comprarle algo más mientras mi primo y su novia se abrasaban, entonces estando de espalda oí una voz amable que saludaba a Ariadna, no podía creerlo, me pareció la voz de Karina, llegaron a mi mente miles de pensamientos, me parecía estar soñando, no podía creer lo que podía estar pasando, será Karina me preguntaba en silencio, tenía miedo de voltear, me parecía inconcebible que esto fuera verdad, pero había que afrontar el momento, escuché la voz de mi primo que me llamó, con miedo me di vuelta y quedé frente a frente a la mujer que amo. Nos quedamos en silencio, mirándonos fijamente sin poder decir nada, habíamos entrado en una especie de parálisis, necesitábamos un empujoncito para poder reaccionar, los segundos eran horas, seguíamos mirándonos sin poder hablar, hasta que el primo y su novia se dieron cuenta de lo que pasaba y nos hicieron encontrar. Nos dimos un abrazo largo, un abrazo sin fin, queríamos retener el tiempo y a la vez recuperar todo el que habíamos perdido. Después del abrazo y lágrimas les pedimos permiso a los primos para alejarnos un poco a conversar. Ella me llevaba agarrado del brazo con fuerza, yo no encontraba qué decir, me hallaba el hombre más dichoso de esta tierra, "eso me daba miedo, de que se me alejara otra vez".

Nos sentamos alejados del bullicio, en el último banco del vergel, arrullados por el silencio de la noche y la brisa que nos acariciaba suavemente. Era el momento, el amor estaba a flor de piel, acerqué mis labios a los suyos y nos fundimos en un beso infinito. Es lo mejor que me ha pasado en esta vida —me dije—, no puedo dejar pasar este momento, más bien debo eternizarlo por lo que me queda de vivir. Su olor era divino, me recordé de aquella tarde frente al parquecito en Nueva York, entonces le pregunté con miedo, si nos uniríamos por siempre. Sí, me dijo, ya no puedo vivir sin ti, he sufrido mucho tu ausencia desde aquel abrazo que nos dimos, entonces he sabido que no podría amar a otro que no seas tú. Su confesión me llenó de alegría, yo también le confesé mis penas por no verla y le dije que, desde ese día del abrazo, no había podido estar con otra mujer, por amor y respeto a ella. Nos fundimos de nuevo en un abrazo y dimos gracia a Dios por lo sucedido. Así fue pasando la noche sin percibirla, abrazaditos, sin sentir frío ni calor, hasta que llegó el alba a despertar nuestros sueños. La invité a desayunar para seguir platicando y ver qué rumbo tomaríamos de hoy en adelante.

Ya más reconocidos y con el estómago lleno, le pregunté si quería irse conmigo al hotel donde me hospedaba. Sí, me dijo; pero con la condición de que nada pasará entre nosotros, no soy mujer de estar con un hombre a menos que no esté casada con él, pero sí podemos compartir nuestro amor sin la necesidad de relaciones íntimas por el momento. Te respeto y te admiro por tu forma de ser, le –dije–, te ofrezco casarme contigo aquí en la isla, si lo deseas, empezaremos hacer los preparativos, mañana mismo. Nos casaremos por lo civil y por la iglesia. Sí, acepto, me dijo con una gran alegría en su rostro. Al día siguiente nos reunimos con la familia, de ella y la mía, nos comprometimos y empezaron los preparativos de la boda.

Los padres vinieron de Nueva York, estaban muy sorprendidos por esta decisión tan repentina, cuando ellos no le conocían novio a la chica. Hubo preguntas, comentarios, alegría y todo.

Los arreglos se hicieron en casa de una tía, que albergaba un patio grande en su modesta casa. Mi primo no lo podía creer y me decía en broma, que gracia a él, yo había encontrado el amor de mi vida. Le propuse que nos casáramos el mismo día; no puedo me dijo, no tengo trabajo para mantener esta mujer que come tanto, ella que escuchaba la conversación se enojó un poco, pero luego lo tomó en broma. Al día siguiente fuimos a la iglesia, acompañados de la Sra. Rosita, prima lejana del cura, ella nos introdujo con él, que muy amable nos atendió y nos hizo la cita para el casamiento. Fue un lunes y por tratarse de que debíamos regresar a Nueva York para integrarnos al trabajo, nos casaría el próximo sábado. Salimos de ahí contentos y con la recomendación del cura, para los días que había que asistir a tomar algunos cursillos de orientación para el casamiento. El matrimonio civil hicimos la cita para el viernes de mañana, en la delegación del pueblo. Tendremos como testigos toda la familia de parte y parte.

Pienso que soy el hombre más feliz de este mundo, al poder unir mi alma y mi cuerpo a esta mujer que tanto amo y que me gusta tanto, física y espiritualmente. Estoy feliz aquí en mi tierra disfrutando de la familia y ahora del amor de

Karina, algo que no esperaba, ¡me parece un sueño del que nunca me quisiera despertar!

Después de las nupcias, nos encontramos disfrutando, de nuestra luna de miel, han pasado dos semanas desde entonces, hemos recorrido casi toda la isla, gozando de hermosas playas, hoteles de lujo, comidas exóticas y lo más importante: nuestro amor. No quisiera que esto termine nunca, pero pronto hay que afrontar la realidad del trabajo que hay que atender en cuánto llegue a Nueva York.

De todas formas, estoy tranquilo, porque la gente que dejé al frente del negocio lo están haciendo bien, según me cuentan y no ha habido ninguna novedad. Con mi socio de Colombia me comunico casi a diario, todo está en orden, el pago de la mercancía se ha hecho a tiempo. El dilema está en otra cosa y es que, aunque mi ahora esposa sabe lo que hago, no va a hacer muy cómodo para ella enfrentar esa realidad.

De vuelta en Nueva York, nos instalamos en mi viejo apartamento, —no tan cómodo como quisiéramos—, pero el próximo paso es comprar una casa. Dinero hay de más, pero faltan algunos requisitos, para hacer la adquisición. Habrá que darle tiempo al tiempo, para ese paso tan importante quedar.

Hoy en mi primer día de trabajo, me reúno con todos mis trabajadores y visito algunos de mis clientes más importantes para ver si están bien atendidos. No hay duda, todo ha marchado conforme a lo estipulado. También me comuniqué con mi socio de Colombia, el cual me dice en clave, que viene un cargamento muy importante. Siento un frío en mi interior, y algo de miedo se apodera de mí. Es la adrenalina me digo, que está adueñándose de todo mi cuerpo, hay en mí un goce con miedo que me estremece de pie a cabeza. Más en la circunstancia de estar recién casado y lleno de ilusiones, cosa que antes no tenía y vivía resignado a cualquier cosa que me trajese el destino. Pero ahora tengo por quien vivir y deseoso de agrandar la familia.

Los amigos y conocidos susurran suavemente lo de mi casamiento y se preguntan si voy a renunciar al trabajo, por el peligro que representa para la recién esposa.

Pasaron varios meses desde entonces, nos sentimos tan felices como al principio, nada ha empañado nuestra alegría, más bien el amor crece cada día, la ilusión de tener unos hijos nos da regocijo, lo tenemos presente, pero así lo hemos querido, dar tiempo al tiempo de disfrutarnos, y que más adelante lleguen los niños. Mi esposa ha seguido su rutina de trabajo, como cuando era soltera. Su oficio de enfermera la apasiona, lleva varios años ayudando a mantener encendida la luz de aquellos que se están apagando y con un poquito de cuidado, como dice ella: renace la esperanza y con ella florece de nuevo ese elemento que se llama vida.

Así, como pasa el tiempo, con él, se va desvaneciendo la memoria, aunque siempre están los acontecimientos en el archivo de lo vivido, depositado en la última gaveta. A veces los sacamos y empezamos a echar cuenta de todo lo acontecido. Cosa que no quisiéramos recordar, dizque para no atormentarnos. Hoy es uno de esos días, sentado en la cocina de mi refugio, en ausencia de mi compañera. He sacado el archivo de mi mente y dando rienda suelta a mi imaginación, he regresado al pasado, con nostalgia, con miedo, con tristeza, pero también con alegría por el momento de felicidad que estoy viviendo. Basta con echar un vistazo a los años pasados, para darme cuenta de que mi presente y mi futuro siguen tan inestable como siempre, lleno de sobresaltos, de angustias, como cuando llovía en las tardes silenciosas de mi infancia. Los relámpagos y los truenos iluminaban el cielo oscurecido por la tormenta, y entonces pensaba en mi padre que ya no estaba, se había marchado a un viaje largo, para siempre, pero todavía lo esperaba mirando el sendero que se extendía a través del cañaveral y con la mirada me conducía hasta lo infinito. Nunca podré olvidar aquellos días de fantasmas y tormentos, en los que para calmarme iba a parar a los brazos de mi madre. Creo que esa fue una de las razones que tuvo para marcharse de la isla y buscar algo diferente para los dos, porque ella conocía de mi tristeza, de cómo pensaba aún en mi corta edad. Ahora pienso que nada queda olvidado, los recuerdos vividos sólo duermen y de vez en cuando se hacen presentes para que no olvidemos quienes somos en esencia y en verdad.

Ya es casi de noche, pronto regresará mi amor del trabajo, la espero con ansias cada tarde para compartir con ella las ilusiones que nos brinda la vida, hacemos planes de lo que vendrá, los hijos que tendremos y muchas otras cosas que soñamos cada día. Hablamos del día a día, de su trabajo en el hospital y cuando llegamos al mío, preferimos el silencio. Así se nos va rápido la noche, entre charlas amenas y mucho amor.

Antes acostumbraba a pasar la noche visitando tabernas, socializando con amigos, todavía lo hago, pero no tan a menudo como entonces, prefiero pasarla con Karina disfrutando de su cariño. Los amigos me dicen de cuánto he cambiado y eso trae un poco de intriga y comentarios perjudicial, que a la larga muchos piensan que tú no está cien por ciento en el juego y tratan de irrumpir tu paso. Pero me siento más cómodo así, pues tengo gente que trabajan bien conmigo. (Hasta la fecha, fieles).

Mi esposa no habla de mi trabajo, pero cuando ha tocado el tema me dice: déjalo todo, habla con tu socio de Colombia y entrégale la ruta. Dile que tú ya desea retirarte, hacer algo diferente sin tanto peligro y te prometo darte dos retoños que alegren aún más nuestros días.

Una mañana que salí a dar una vuelta por el vecindario, noté algo muy extraño a mi paso, se estaba formando una redada Federal, se veían vehículos de color negro por todas partes, esto me intranquilizó mucho, rápido y como pude me oculté en casa de una señora amiga de mucho tiempo. Allí tuve varias horas platicando con ella, me coló café unas tres veces para matar el tiempo, ella sabía lo que estaba pasando y me aconsejó no visitar el barrio por mucho tiempo, me dijo deja que tus hombres hagan el trabajo porque te quieren a ti, te están investigando. He oído alguna gente comentando que pronto te atraparán; cuídate que hay mucha mala fe, pero yo te conozco de niño y sé que eres una buena persona al igual que lo fue tu madre que era mi amiga por tantos años, hasta que la muerte nos separó.

Después de un gran rato ella salió a ver que averiguaba, al regreso me dijo: se ha apaciguado la cosa, puedes salir tranquilo, pero con mucha precaución. No señora Susana —le dije—, hágame usted el favor y consígame un taxi para salir más rápido de aquí y no arriesgarme tanto. Luego me puse a pensar de la tontería que cometí, no sólo por la policía, sino por todos los enemigos que una persona como yo tiene, aún sin buscárselo.

Llegada la noche, ya en casa, en compañía de mi esposa le cuento lo acontecido, los dos nos abrazamos y hasta lloramos afligidos por encontrarnos en un callejón sin salida; donde no es tan fácil renunciar a este trabajo cuando se llega dónde estoy, porque los que te han llevado hasta allí, quieren asegurarse que tú sigas produciendo para la organización, ya que tú eres parte importante de esa cadena de mando que nutre desde la siembra hasta la distribución que es precisamente el eslabón que yo soporto y se le hace difícil encontrar tu relevo, por eso siempre quieren aguantarte a cualquier precio y el más caro que se paga es la muerte.

Le digo a mi mujer que haré todo lo posible para convencer a Jairo para que interceda por mí con los de arriba, para que me sustituyan por alguien, todavía puedo recomendarle a quien está conmigo que es de lo mejor. Aún así, si lo aceptaran tendría que darle algún tiempo en lo que preparan a Antonio que es mi mano derecha. Que conoce el movimiento, pero la compañía tal vez no lo entienda de esa manera: ya veremos.

Pasado un tiempo prudente le comento a Jairo mi inquietud y le hablo de Antonio, dice que quiere ayudarme, pero no le veo muy entusiasmado y me dice que no sabe si los jefes lo aceptarían, porque soy ya parte de la familia y a ellos no les gusta perder sus miembros. —Jairo, haz todo lo que esté a tu alcance para que me ayude, —le dije—, ten en cuenta que siempre he sido responsable con mi trabajo y creo que merezco una oportunidad al igual que tú el día que lo necesite, te entiendo, lo trataré. En todo esto no había hablado con Antonio, mi mano derecha, debo hacerlo antes que ellos lo llamen y le comenten del caso, sin tener el conocimiento de lo que estoy por hacer, que no le tome de sorpresa y no sepa qué decir, rápido lo llamé, nos reunimos y le comenté, me dice que me agradece que lo tome en cuenta, pero que no está dispuesto asumir esa responsabilidad, pues él, al igual que yo ha pensado retirarse algún día no muy lejano y él entiende que es difícil salirse de la compañía, me pasará lo mismo que te está pasando a ti. Esa gente no tiene corazón –me dijo–, quisiera ayudarte, te agradezco mucho y te aprecio por todo lo que hiciste por mí en el momento que más lo necesitaba.

Pero te prometo que, si te dan la oportunidad de renunciar, yo, aunque no acepte tu puesto me quedaré ayudando al que venga para no estropear tu decisión.

Después de varios meses me llaman de Colombia, era el jefe de mi jefe que estaba interesado en hablar conmigo. Para eso tengo que viajar al país. Esto no me gusta tener que viajar tan lejos en estos momentos. Pero también me da la esperanza de poder ver si es que esta conversación me trae la oportunidad de conseguir mi libertad sin que haya represalia en mi contra como sucede en estos casos.

Llegado el momento me fui a Colombia, pasé varios días conversando con ellos, me hicieron una propuesta para que esperara un año más entes de retirarme, lo encontré justo y de ese modo acepté.

Ya de vuelta en casa, empiezo a escribir en mi calendario el día de comienzo, marcándolo con un lápiz en rojo, para así ir viendo los días que me faltan hasta cumplir la meta. Esto me da una mejor esperanza, y puedo ir planificando lo que mi esposa y yo iremos hacer el día que nos llegue el plazo. Pienso que nos mudaremos de lugar, compraremos una casa grande en la cual veamos crecer los vástagos que tendremos o tal vez nos mudamos a la isla de donde somos oriundos. Será un año largo, contando cada día y tratando de cuidarme más de la cuenta para que nada pase, "esto es todo un reto".

Al día siguiente me reúno con Antonio, le platico la propuesta que me han hecho, me recuerda que un año es largo en este negocio, pero es mejor que nada me dijo; procedió diciéndome que él me va a ayudar en todo lo que pueda para que cumpla mi sueño. Lo bueno de esa gente es, que son de palabra -me dijo- y cuando prometen algo lo cumplen al pie de la letra. Te agradezco mucho tu ayuda, sin ti no sería lo mismo.

El tiempo iba lentamente, como en un reloj de arena, en que cada granito cuenta y una hora se hace eterna. Pero todo plazo se cumple me dije, es ley de la vida, que tarde o temprano llegará a su fin.

Mientras tanto iré por mi esposa a buscarla a su trabajo, siempre tenemos mucho que decirnos, es como si no pasara el tiempo entre nosotros, cada día más enamorados, no nos faltan los halagos y los abrazos en cuanto estamos a solas. Es como vivir en el Edén, sus besos me hacen sentir muy amado como nunca había estado, mi mayor alegría es ir a su encuentro, me siento vivo, diferente a cuando no la tenía, que la mayoría de las veces creías estar seco por dentro.

Los días han ido transcurriendo, con ellos se me ha incrementado el trabajo, y ando persiguiendo los pasos que me ha marcado el destino. Parece que el tiempo me estuviera jugando una mala pasada, pero tengo fe, que venceré, que al final habré de salir airoso para comenzar una nueva vida, sin la necesidad de mirar hacia tras. Digo esto porque me encuentro en un forcejeo sin precedente, en las ventas y distribución de las drogas. La cantidad se me ha duplicado, con el pretexto de que sólo me quedan algunos meses para finiquitar mi contrato y, por lo tanto, en cambio debo esforzarme a vender más de la cuota anterior, pues lo razonable sería sobre pasar la cantidad por si acaso no se encuentra un rápido relevo después que yo me vaya. De acuerdo con Horacio, un jefe grande de la compañía, esto se debe a la súper producción de los sembrados de coca y necesitan salir de ella lo más rápido posible, puesto que los que la procesan están informados que pronto se tirará la Guardia a erradicar el sembrado. Por tal razón, tienen prisa de terminar con el proceso para luego mover el laboratorio a otro lugar.

Sigue corriendo el tiempo, aunque lento, mi fecha se está acercando, casi me estoy despidiendo de todo. De lo bueno y lo malo de mi barrio, de sus calles que tanto he cruzado desde niño, de su gente, los que me aman y rezan cada noche por mí, los que me odian y quieren verme muerto o en la cárcel. Pero yo estoy contento conmigo, porque a pesar de mis negocios no hago daño a nadie, más bien ayudo sin esperar nada a cambio.

Una noche dormido bajo la tranquilidad, y el silencio de la noche, soñando con mundos inexplorados, agitado por lo que estoy viviendo, me despierto asustado; oigo que me están tumbando la puerta literalmente, me llaman con insistencia, es la voz de Antonio mi mano derecha, mi amigo. Lo oigo muy apurado como nunca, él es un hombre de carácter firme por naturaleza al que pocas cosas lo inquietan, valiente, da el frente a lo que se interponga en el camino, sin que le tiemble el pulso. Me levanto de prisa para ver que está pasando. Abro la puerta, lo veo un tanto inquieto, lo mando a pasar para que me cuente, me dice: tiene que irte ahora mismo; han allanado el apartamento de almacenaje principal, hay más de cien Federales rodeando el edificio y llevándose la mercancía, creo que el próximo paso puedes que te caigan aquí en cuanto sepan tu dirección. Si llegaron allí es porque alguien dijo algo y tal vez ese alguien sepas en dónde vives. Así que date prisa y vamos a alejarnos de aquí por algunos días, digo vamos porque yo al igual que tu corro peligro de ser atrapado, pues todos los que nos conocen saben que trabajo para ti. No hay tiempo que perder. Le comunico a Karina lo que está pasando, vete –me dijo–, yo estaré bien no me llame por algún tiempo hasta que se calmen las cosas. –Que tristeza tener que dejarte sola a tu suerte, no te preocupes por mí, soy fuerte, e irme contigo levantaría una falsa sospecha de que yo estoy haciendo lo mismo que tú, estaré aquí esperando que regreses, te amo.

Después de recoger algunas cosas, me despido de ella que está a punto de llorar, yo también, pero debo ser fuerte para no atormentarla más de lo que está. Salgo de prisa y nos dirigimos a un lugar cerca de aquí, a casa de un amigo que tenemos en común, allí nos alojaremos hasta que pase la tormenta. Este amigo trabajó un tiempo conmigo, pero se retiró, no aguantaba los nervios, estaba enfermando y yo mismo le aconsejé que descansara, que se fuera a casa a terminar de criar a sus hijas. —No sé si yo correré con igual suerte que él.

Con este inconveniente lo primero que debo hacer es llamar a Jairo, y reportarles lo que está pasando. No sé cómo lo tomarán, son gente un poco desconfiadas, pero esto lo pueden averiguar, tienen los contactos para hacerlo. Le diré que hasta aquí llego, ya que tan sólo me quedan tres meses para finiquitar mi contrato con ellos como los habíamos acordado. Tal vez me digan que hay que seguir trabajando para reponer la pérdida de esta incautación de la mercancía.

Yo sé cómo funcionan estas personas, los conozco bien, son muchos años trabajando para ellos y sé que siempre sacan provecho de todo, hasta de los problemas. Mañana muy temprano llamaré, es la hora adecuada para hacerlo, cuando la mente está menos cargada de las dificultades del día, y tenga la información completa de lo que pasó y de cuánto ha sido las pérdidas. Habrá que hacer un inventario de todo, incluyendo el dinero efectivo que es bastante lo que había allí. Más el material que todavía quedaba, que, por suerte, parte de todo lo que había llegado se distribuyó a otros lugares donde guardamos importante porción de lo que llega, o más bien almacenamos en distintas direcciones, de lo contrario se pierde todo. Le digo a mi amigo Antonio a ver cómo hacemos para arrimarnos a los otros locales sin levantar sospecha, sin que nos sigan si es que nos están acechando, para ver que más hay. No son tontos y si han encontrado una cantidad de ese tamaño se imaginan que se trata de una compañía grande donde puede haber mucho más. También pudo haber sido alguien del mismo edificio que sospechaba que en ese apartamento algo se movía de forma irregular y llamó a la policía. Siendo de esa manera sería mucho mejor a que fuera alguien que nos conociera, pues ahí estuviéramos en peligro de que conozcan todos nuestros pasos.

Después de dos días, estuvimos por los lugares donde guardamos mercancía, sin acercarnos mucho. Ya había hablado con Jairo y me aconsejó que fuera paciente, que vigilara de lejos antes de entrar en ellos. Así fue, vigilamos de lejos por varios días los otros depósitos que teníamos, y al no ver nada decidimos entrar. Todo estaba en orden parece que fue lo que habíamos pensado, que alguien del propio edificio había llamado por alguna sospecha. Antonio y yo nos pusimos muy contentos, había pasado el peligro de acuerdo con lo que estábamos percibiendo.

Entonces le dije a Antonio vete tu adónde nuestro amigo Braulio, en cuanto terminemos y dile que todo está bien para que no se mortifique pensando de que algo malo nos pasó. Braulio es un padre soltero con cinco hijas que cuidar, la madre de las criaturas lo abandonó hace ya unos tres años, consiguió otra mujer que le cuidaba las niñas, mientras él trabajaba conmigo. Siempre estaba asustado por temor a dejar las niñas solas, pensaba que podía coger la cárcel, o tal vez la muerte y dejarlas abandonadas al igual que hizo la madre. Todo eso lo atormentaba, pero un buen día la otra mujer no aguantó más y también lo abandonó. Ahí fue cuando le aconsejé que se fuera a criar sus hijas, de nueve años la más grande y cuatro la pequeña. Yo lo visito de vez en cuando, pero nunca me descuido en ayudarlo económicamente, para que él mismo cuide de sus hijas. Le tengo un gran aprecio a él y a las niñas que a veces las creo también mis hijas.

Después de contabilizada la mercancía de los demás sitios me despido de Antonio que va rumbo donde Braulio y yo voy a casa a darle la buena noticia a mi esposa, que probablemente todavía está en el trabajo. Pero al abrir la puerta, veo que ahí está ella sentada meditando en frente de su virgen de la cual es devota, tiene los ojos cargados de lágrimas y una tristeza tan profunda que no conocía en ella, la abracé con ternura, pero lleno de angustia al verla tan afligida, le digo amor está todo bien, fue sólo un impase de la vida, pues no hay felicidad completa, pero en ti lo tengo todo, y aún con la adversidad que me depare el destino soy muy feliz a tu lado y para siempre.

Me miró fijamente y me dice: yo sé que esto no es lo que tú querías para mí, pero te amo más que a mi vida y juntos llegaremos al destino que haya que llegar sin importar si es bien o mal.

Nos fuimos agarrados de la mano hasta la sala, nos sentamos uno junto al otro abrazaditos, tratando de que no se nos escapara la felicidad que hemos disfrutado hasta ahora. Los dos en silencio, la respiración fuerte que se dejaba sentir, un sudor escalofriante se apoderó de nuestros cuerpos, temblábamos de miedo, aunque todo parecía marchar bien.

Más, ella me dijo con vos entre cortada, que todo parece haber llegado a su fin. ¿De qué habla le dije?, de lo que está pasando me contestó, ¿qué está pasando?, No sé, pero tengo un mal presentimiento.

Seguíamos eludiendo el tiempo lentamente, no encontrábamos como pararnos de donde estábamos sentados, nos quedamos inmóviles junto al silencio que se hacía impaciente, pero ella se volvió para besarme y en ese instante desapareció todo. Hicimos el amor como nunca, con locura, imaginando que se acercaba el fin. Si tengo que morir muero satisfecho, –me dije– pero este momento no me lo quita nada ni nadie, lo llevaré conmigo para siempre. Nos quedamos dormidos hasta el día siguiente, abrazados desnudos como queriéndonos fundir uno junto al otro, hacer de los dos unos solos, rompiendo una ley de la física, que es el principio de exclusión, en el cual dos cuerpos no pueden ocupar el mismo espacio a la vez.

Al día siguiente llamó Jairo, me dice que alguien viene a visitarme, alguien muy importante de la compañía. Me imagino a lo que viene, lo más probable que sea a hacerme una auditoría que es lo que se hace en estos casos. Perfecto –le digo-.

Una semana más tarde llegó el señor Aurelio Uribe, máxima autoridad del cartel, empezamos a trabajar con los números, hubo una pérdida sustancial, la cual había que reponer con trabajo. Le propuse un trato, de que yo podía cubrir la mitad de todo el monto, contar de finiquitar lo que habíamos acordado nueve meses atrás. Me miró con mucha fijeza y me contestó con su típico acento: vea usted, aquí no se trata sólo de dinero, también está el honor de las personas, para mí usted es un hombre de honor, y el honor no se compra ni se vende por dinero. Yo le hago mejor un trato a usted, las pérdidas las asume en total la compañía, y usted trabaja hasta donde habíamos acordados, entonces puede retirarse con todos los honores que alguien como usted merece: que no se hable más del asunto, -me dijo-.

Volvió la vida a fluir, floreció el negocio como nunca, ya se acercaba la hora del retiro, la libertad anhelada para vivir, no hay nada más apreciado que este momento, en que los sueños parecen haber alcanzado su fin, donde se empieza a soñar despierto con el porvenir.

Último envío a mi cargo, ya se ha designado la persona que me delegará. Un nombre poco común entre nosotros. Jacob Ramírez se llama mi sustituto, quien estará en mi cargo muy pronto. Mañana lo conoceré en persona en un lugar designado para el encuentro, hablaremos del último embarque que llegará para mí que es bastante grande, tres mil kilos del polvillo mágico han llegado a un muelle por la costa de New Jersey. Ahí tengo los mejores contactos para el retiro. Ya mis hombres se han movilizado hacia ese lugar a recoger el contenedor en un camión de carga pesada. Y luego que me reúna con Jacob le entregaré la ruta, los lugares donde se deposita la mercancía y le presentaré los clientes más importantes que tengo. De ahí me iré a viajar por todo el mundo acompañado de mi esposa, que ha esperado impaciente a que llegara este momento. Visitaremos todos aquellos lugares que no fui cuando andaba por el mundo en busca de aventuras, los haré con mi esposa.

Pasaron varios días del encuentro con mi sustituto, la mercancía que llegó fue despachada a los clientes mayoritario, Jacob estuvo presente en algunas de las entregas más importantes, así conoció los mejores clientes. Fui mostrándoles toda la estructura y manejo más complejo que usamos, los códigos que empleamos con los clientes, los lugares donde reciben las mercancías y sus residencias personales por si se necesita. Me parece un hombre sensato, me contó que fue recomendado por un amigo que corre la ruta de California llamado José Hinojosa, el cual lleva muchos años trabajando con esta gente. He sido por mucho tiempo su cliente mayoritario y por lo tanto fui reclutado por mi amigo para ocupar esta plaza ya que sabía que se iba a quedar vacante, espero aquí me vaya muy bien, -me dijo-.

Faltaban pocas semanas para que mi esposa tomara sus vacaciones. Todo estaba listo para zarpar el crucero que nos llevaría por toda Europa y algunos otros puertos donde se haría escala. La alegría se apoderaba de los dos, algo que habíamos soñados por mucho tiempo. Será la renovación de nuestro voto de amor y una vida nueva.

Llegado el día, nos fuimos muy de mañanita al puerto, era el día más esperado por los dos, nos fuimos en taxi, había una cola larga, todos alegres, algunos entonando canciones en grupo. El día estaba brillante, unas que otras nubes dispersas por el firmamento, todo parecía de ensueño, hasta que aparecieron unos personajes que se acercaron a nosotros. ¿Es usted Juan Soto?, Sí le contesté un tanto asustado, y usted Karina Arce, a mi esposa, rápido me esposaron, mi esposa empezó a llorar, yo le calmé diciéndole que prosiguiera el viaje que yo la alcanzaría. Estaba reacia a irse sola, pero fue lo mejor. Yo estaba consciente de lo que pasaba. Me llevaron para interrogarme, vi que estaba perdido, sabían todo de mí, de cuanto cargamento había recibido los últimos años. Estaban al corriente de todo, me sentía muy triste por mi esposa, ella no merecía esto. Pero se fue y estuvo dos semanas en el crucero, estaba consciente de la vida que le esperaba. Visitó algunos lugares que habíamos señalado de prioridad, pero sola y sin saber que pasaría conmigo no pudo disfrutar su estadía. Regresó y fue a visitarme de inmediato. Nos pudimos ver a través de un cristal que separaba nuestras vidas y tal vez para siempre. Fue un momento triste, quizás el más funesto de mi vida. Me contó un poco de su amargo viaje, se le notaba en el rostro que no durmió por muchos días. Quería reanimarla, pero no sabía cómo hacerlo, estaba roto por dentro, aunque la animé diciéndole que mi abogado me ayudaría a salir pronto de aquí. Rápido llegó el momento de despedirnos, la visita había terminado, ella regresaría a casa a su soledad y yo de igual a la mía, cargado de preguntas sin respuestas que me tomará mucho tiempo averiguar si es que vale la pena.

Los días pasan lentamente, Karina me visita con frecuencia, a veces falta al trabajo para venir a verme. Los días de cortes no fallan, aunque no logre verme. De acuerdo con mi abogado, él quiere conseguir un arreglo para mí, a ver si no me dan una pena muy larga, pues me dice, que por el delito cometido y el monto de la mercancía que introduje al país me pueden dar hasta cadena perpetua. Pienso que sería un castigo muy grande para mí y mi esposa, yo pienso que me lo merezco, pero ella no, no le ha hecho nada a nadie y sería injusto de mi parte mantenerla a mi lado. No sé qué le diré cuando le cuente lo que me dijo mi abogado.

Después de varios meces yendo a corte, el fiscal del caso me llamó por segunda vez para que colabore con la justicia y dé los nombres de todos los involucrados. Creo que ellos lo saben todo, pero esa es una forma de ver que no falte nadie más. Pero yo por segunda vez me niego a delatar los demás, no nací para ser rata le manifesté al fiscal, éste se enojó mucho y me amenazó en conseguir darme la pena máxima para mi caso si no colaboro con él.

Cada día las cosas se me complicaban más, es como vivir en un laberinto de emociones encontradas que no sirve de remedio para aquel que tiene el alma angustiada. Paso las noches soñando con Karina, ella me preocupa más que lo que me pueda pasar a mí. Sé que sufre y todo por mi culpa, por haberla aunado en mi destino, aunque no fue mi intención: yo sólo la amaba y la amo aún más que todas las cosas en este mundo.

La madrugada se siente fría en la oscuridad de esta celda que no me deja encontrar el sueño, pienso en los momentos felices que he pasado junto a ella, los besos y las caricias que disfrutamos a cada momento en la intimidad de nuestro lecho y ahora los dos tan solos y triste en la distancia desoladora de esta noche otoñal y eterna donde el olor a preso y humedad se siente a través de la reja de hierro, que separa la libertad del encierro, haciendo de este la más cruel forma de existir. Aquí al principio se cuentan los segundos, para llegar a un minuto, los minutos para alcanzar una hora, las horas para llegar a un día, y así sucesivamente alcanzar la semana, los meses hasta culminar con un año, para comenzar de nuevo. Yo todavía voy contando los meses, no sé si aguantaré con este cálculo interminable que deja el reloj sin cuerdas de tanto manipular la manilla que lo hace mover para que suceda el tiempo.

Se avecinan días muy importantes para mí, a juzgar por mi abogado mi sentencia se acerca, el juicio está llegando a su final. Ya se han presentado los testigos en pro, y en contra. Me he llevado algunas sorpresas de personas "amigas" que han declarado en mi contra. Otros que apenas conocía, se han brindado para hablar bien de mí. Estos testimonios no sirven para excarcelarme, pero son buenos para que por mi buen vivir con los demás me bajen la sentencia, y el jurado no me aplique la pena máxima, que en mi caso sería muy larga.

Transcurrido seis meces de mi arresto, he recibido muchas visitas de amigos y enemigos que en el fondo se alegran de mi desgracia. Pero nada de eso me importa, lo único que me preocupa es mi esposa, que está en la mirilla de las autoridades, ya que al registrar la casa encontraron una gran suma de dinero en una caleta y que, el único que sabía era yo. Ella nunca se preocupó por lo que yo tenía, vive de su trabajo y se negaba a saber cuánto dinero yo tenía guardado. Han querido involucrarla, pero ella se ha defendido con la verdad, que es lo más fuerte que puede poseer una persona. Por suerte, que el resto de mi dinero lo tengo en casa de mi amigo Braulio quien es que paga el abogado y demás gastos que acarrea estar preso: lo demás lo confiscaron.

Esta es una nueva fase de mi vida, y ver que a lo largo de mi existencia siempre he perdido la gente que más he amado y no me refiero solamente a mis progenitores, que es normal que envejezcan y mueran. Pero, de manera muy extraña perdí mi padre, a lo cual nunca pude resignarme, siempre lo necesité en mi formación y en los momentos más difíciles de mi vida. Luego mis hijos que, aunque traté de reunirme con ellos nunca sucedió, fue como si se los hubiera tragado la tierra desde la última vez que nos juntamos. Eran unos adolescentes y yo un hombre joven. Ahora mi esposa, que no sé lo que nos traerá el camino.

Le escribo una carta cada día, aunque no se las envío las voy guardando y cuando viene a visitarme se las entrego, para que luego ella las lea. Es una forma de pasar el tiempo, de desahogar mis penas y ella me dice que mis cartas la fortalecen cuando a solas se encuentra en el hogar, dice que lee una cada día, de forma simétrica para pensar que está conmigo cada noche. Pero yo, aunque ella está lejos de mí físicamente, la siento en mis sueños, puedo sentir su aliento, su respiración. Aunque hasta el día de hoy no he tenido visita conyugal con ella.

Días más tardes me visitó mi abogado para informarme que ya está preparada mi sentencia, el jurado ya deliberó y sólo el juez conoce el veredicto que votó el jurado. Espero hayan sido un poco generosos conmigo.

A la semana siguiente me llevan ante el jurado, que votó a favor de darme veinte años en prisión sin derecho a fianza ni libertad condicional, hasta cumplir la pena impuesta.
Fue un momento muy triste para mí y para mi esposa, se veía demacrada y en sollozo se alejó, fue como si todo hubiese acabado ahí.

Ya estando en mi celda, me dice mi compañero de habitación, que después de esto me trasladan a una prisión federal cerca de la frontera con Canadá, que es donde llevan la gente que va a cumplir largas condenas, me dice que allí tienes varios amigos y me recomendará con ellos ya que hicimos buena amistad. Le agradezco su buen gesto y pienso si tan lejos me mandarán y que será de Karina tan distante de mí. ¡Oh, Dios! No la abandone, dale fortaleza y a mí para soportar esta vida.

Pocos meses después se hizo realidad lo que me dijo Manuel, mi compañero de celda, me trasladaron de cárcel, a un lugar más cómodo, pero a gran distancia de mi ciudad. Allí hay mejores condiciones de encarcelamiento, buena cama y gente de otra categoría que están presos por drogas, estafas a bancos, políticos que robaron grandes sumas de dinero, tráfico de influencia y otros delitos federales. Pero con todas y esas comodidades, hubiese preferido que me dejaran donde estaba, cerca de mi esposa que me visitaba cada vez que podía. En cambio, aquí se le hará más difícil verme, son unas seis horas de camino, más el regreso a casa, tal vez se canse pronto de lo mismo, no la culparía, puede ser lo mejor para los dos, y aunque así fuera yo la seguiría amando para siempre hasta el fin de mis días.

Pasado algún tiempo he hecho amistades con algunas personas, en especial los que están presos por el mismo delito que yo, de acuerdo a ellos a mí sólo me dieron la mitad de la condena, y eso se debió a que no hubo violencia palpable o asesinato que viniera de mis años de trabajo en la organización, ellos lo saben todo desde el momento que tu entra al negocio, te dejan crecer vigilado, van atando cabos para enredar otros, cuando llega el momento de pararte no está solo, sino con el resto que estuvo en contacto contigo. Yo estoy seguro de que el resto que participa en la organización ya están amarrados, los de aquí y los que operan en Colombia. A menos que sean parte de la DEA como sucede que muchos de esos carteles en Colombia trabajan bajo el mando de ellos para atrapar incautos y al final es la DEA la que se beneficia de todo tu esfuerzo, y no concibe que trabajaste para ellos y a ti sólo te queda cumplir la condena. No lo sé —le dije—, no he sabido nada de ellos, parece que se los tragó la tierra, no se han dignado de mandar a alguien a ofrecerme ayuda si es que la necesito, aunque no es así.

Este amigo que se llama Ignacio me aconseja que debo decirle a mi esposa que se mude de donde vive, pues no sabe el peligro que corre con lo mismo que un día fueron tus amigos de trabajo y que tal vez hoy piensan, si es que están presos que fuiste tú quien lo echó para delante. Creo que este amigo tiene razón y la experiencia, de acuerdo con varios casos que me comentó, de las consecuencias que ha pasado familiares de presos, me hace pensar que tiene peso lo que él me aconseja y en cuanto me comunique con ella le expondré el caso.

Hoy fue para mí un buen día, tuve la visita de mi amigo Braulio. Me contó todos los pormenores de lo que pasa en el barrio, me dijo que mi amigo Antonio lo visita con frecuencia y que sólo está esperando que se enfrié todo para venir a visitarte. Que cuente con él que nunca te abandonará ni a Karina tampoco. Que no te ha llamado para no atizar el fuego más de lo que ha estado, pues casi siempre los teléfonos de las cárceles están intervenidos, pero que pronto vendrá por aquí. También recibí una misiva que me envió Karina, que no pudo venir a visitarme por razones ajenas a su voluntad, pero que pronto lo hará. Braulio me dice que cuando ella fue a verlo la notó un tanto cansada y una leve tos, pero que no quiso indagar mucho ya que ella es un poco reservada, aunque muy amable. Tanto es así, que, en el tiempo de tu ausencia, esta es la segunda vez que la veo. Creo que la mayor parte del tiempo se la pasa con sus padres, y hasta duerme allá lo que es más seguro para ella. En cambio, Antonio tuvo que durar un buen tiempo desaparecido, pues en cuanto supo lo de tu arresto se escondió, primero en mi casa y luego de un tiempo alquiló un departamento que yo mismo le ayudé a encontrar. Te digo todo esto para que tú sepas como están las cosas y quienes son tus amigos que siempre estarán ahí para cuando los necesites. Las niñas te mandan saludos, que esperan verte pronto, no se olvidan lo mucho que jugaba con ellas y lo bien que siempre te ha portado con nosotros. De lo otro que tengo guardado, tu dime cuando quiera que se lo entregue a tu esposa. He tomado algo de eso para poderme mantener. Tú guárdalo le dije y ya veremos qué hacer. Por el momento ella no necesita y tampoco creo que le interese tener ese dinero, coge lo que necesite que es mucho lo que hay. Mira ver cómo está Antonio y si necesita dinero dale, lo que sea. Por otro lado, ten cuenta con el abogado, si le debe algo se lo paga y si te gira por mas hazte el muerto. Ya estoy condenado y aunque se lo dé todo, no me podrá sacarme de este encierro.

Pasó la hora de la visita, me alivió mucho ver mi amigo y las cosas que me aclaró a cerca de lo sucedido. Por el otro lado extrañé a mi Karina, tengo hoy que no la veo más de un mes, será que está enferma y no me lo dice para no preocuparme. Hablamos por teléfono cada noche, se muestra fuerte, me anima dándome todo el cariño que puede y contándome el día a día de su vivir. Pienso que sería bueno que ella pudiera hacer su propia vida sin mí, es joven y tiene una vida por delante. A veces le digo que esperar veinte años es mucho, que hay que seguir de frente, aunque duela el hacerlo, pero siempre me contesta lo mismo, que la cruz es de los dos. Que le costó mucho tiempo encontrar el amor para dejarlo escapar por cobardía. Yo sé que estamos separado físicamente me dice, entiendo la tragedia de no poder estar juntos como antes, pero a veces hay que entender la vida, que no es como quisiéramos y que ahora lo importante no es el cuerpo sino el alma, que no se ha quebrantado desde el mismo momento que nos amamos, no hay vuelta atrás nos amaremos más allá de la muerte física porque el alma es inmortal.

Cada día que pasa me siento más impotente ante la vida, estar estancado en un mismo lugar hace daño a la mente, deprime el sentido de vivir, a veces pienso que sería mejor terminar todo aquí, porque después de esto es difícil empezar de nuevo, pero cuando esos pensamientos oscuros llegan a mí, pienso en mi esposa y me digo que aún así vale la pena vivir adorando esta mujer tan especial que me ha regalado el universo.

Sigue corriendo el tiempo, estoy cerca de cumplir un año aquí, me parece mucho más, pero todo se hace lento en el encierro. La visita conyugar es cada mes, mi esposa no puede venir tan frecuente como quisiéramos. Pero este es el momento más deseado de los dos y cuando se acaba la visita se nos hace doloroso, sabiendo que hay que esperar otro mes para abrazarnos en profundidad.

Ya pronto estarán aquí las navidades, la brisa fresca asola el ambiente, puedo ver a través de las rejas la basura que se acumula en los sumideros, danzando al compás del viento que con furia las arrastra por todo el patio. Pienso que este paisaje triste tendré que verlo por lo que me resta de condena. O tal vez por lo que me queda de vida, aunque en mis designios me veo saliendo por la puerta de esta prisión, con la mirada perdida sin saber a dónde marchar. Espero que si eso llegara a suceder sea agarrado de la mano de mi esposa, pues dice un refrán, que todo plazo se cumple, sea por bien o por mal.

La noche se hace presente y yo sigo aquí aferrado a los barrotes sin querer soltarlos, tal vez es lo único que me queda en esta tarde que se precipita al ocaso sin ganar al tiempo que la acaricia en su trayectoria moribunda, y mi alma suspira sin aliento de vida, sin entregas a la muerte, pero a sabiendas que estoy entre dos mundos, el de la espera y el de la tristeza profunda que me embarga con su sórdido mensaje de esperanza que se hace eterno bajo el manto tenebroso de la vida. Quisiera volar para embarcarme en el vuelo sin retorno, más allá de donde vuelan los gavilanes cuando han perdido la destreza de surcar los cielos con gallardía, y se entregan a la muerte súbita en una tarde cualquiera.

La mañana despierta como de costumbre, la sirena no falla cada día, pero yo me levanto antes que suceda; las noches aquí son largas y tormentosas, pareciera que los que han estado en esta prisión y han fallecido rondan el entorno; las cadenas que sujetan las puertas no se callan de sonar en especial de madrugada cuando es más oscura la noche, hay voces que susurran al oído sin decir nada y brisa que te sopla en el tímpano dejándote el zumbido de la muerte para que creas que lo está, y cuando asoma el alba te da cuenta que estás vivo. A veces te alegra, otras veces reniega de estarlo y piensa —otro día aquí.

Suenan las cerraduras, son los carceleros que nos ordenan salir en fila para tomar el desayuno, un cafecito no cae mal, después de una noche tormentosa. Ahí nos reunimos todos en el salón de la cafetería, luego nos toca ir al patio a estirar un poco las piernas, socializar con los demás a ver qué hay de nuevo en el penal, los vigilantes siempre atentos de lo que se mueve entre nosotros, quien está inventando una fuga, pero es de lo que más se habla, en voz baja para no ser oído por ellos. Deseos no faltan de incurrir en un complot con aire de libertad que nos saque de esta reclusión, pues la independencia es más apreciada cuando no la tiene y esa hora que la pasa allí en el patio es lo más acogedor que hay en este lugar. Daría uno lo que no tiene por salir a la calle a dar una vueltecita mirando el cielo en absoluta autonomía, cosa que no apreciaba cuando la tenía.

Después que llegué a esta prisión ha cambiado mucho mi manera de ver la vida, pero aún con todo y esos cambios no he dejado de soñar con días mejores para mí, pero en el fondo de mi alma sé que es largo el camino y no se puede hacer sueños a corto plazo, hay que soñar a distancia donde un día alcanzará. Me veo hecho un viejito caminando por la calle de mi barrio, sin el peso sobre mis hombros de aquellos días, agarrado de la mano de mi amor, sin más lágrimas que me rueden por las mejillas. Cuando al principio vine no hacía más que llorar, luego te vas poniendo fuerte para poder sobrevivir. Después de mi han llegado otros más, al igual que yo los veo llorar cada noche, los entiendo, han llegado con una pena tan grande como la mía, aunque no hay como medir el dolor ajeno, le toca a cada uno matar las pulgas a su manera, no hay de otra.

En días pasado me invitaron a participar en una fuga masiva entre reclusos, lo estoy pensando, se está planificando el cometido que se piensa realizar dentro de poco, el día treinta y uno de Diciembre dicen que es la fecha clave para realizar el evento, todos están entusiasmados porque llegue ese momento para ser libres, aunque sea por un día, yo estoy que me anoto pero tengo miedo de lo que pueda pasar, aunque parece emocionante hacerlo, también es muy arriesgado escapar de esta prisión que se considera de alta seguridad. Hay varios presos que están dando esos pasos, en complicidad con amigos que están afuera haciendo los preparativos del rescate cuando estén en la calle, se ha recogido algún dinero para la compra de equipos, renta de un vehículo familiar donde puedan caber todos los fugados. Yo he colaborado con los gastos, aunque todavía no sé si participaré en la fuga. Antes de tomar una decisión me gustaría consultarlo con alguien como mi amigo Braulio a ver su opinión y si es factible que me pueda esconder por algún tiempo hasta que pueda salir a otro país. Eso sería maravilloso eludir este montón de años que me quedan por cumplir.

En la noche después de cena me comuniqué con Braulio, le dije que me visite lo más pronto que él pueda el tiempo va de prisa y falta poco para la acción: de acuerdo —me dice— , ya hablaremos cuando llegue, antes que diga algo más que te pueda perjudicar, me conoce y sabe que soy de emociones fuerte. Pasado unos días me visitó, le eché el cuento y me dice que, si estoy loco, que nadie podría escapar de aquí y que, si por casualidad lo lograra, me sería muy difícil salir del país. Por mí no hay problema —me dijo—, pero tu esposa no va a estar de acuerdo con lo que está pensando. No pienso decirle nada a ella, la llamaré cuando me haya ido lejos de este país. No sea tonto me dice, todo el mundo lo sabrá, estarás en el noticiero cada minuto y ella se enterará. La harás sufrir más de lo que hasta hoy ha sufrido. Bueno lo pensaré --le dije.

"Tiempo de meditar", pienso que a pesar del riesgo vale la pena estar libre, aunque sea por unos días, total es mucho lo que me queda de encierro para volver a ser libre de nuevo. Entonces me decidí probar suerte uniéndome al carrusel de la vida, porque ser libre es tener vida. Ya afuera en el patio me reuní con Agripino, es el que anota los que van a participar y de paso le indica el papel que tiene que desempeñar en la fuga, me dice que ya está todo dispuesto para la fiesta, día treinta y uno amanecer primero, seremos libres de nuevo -me dice-.

Seguimos platicando, me dijo que no debo comentarlo con los demás, que hay algunos que no lo saben y eso es por motivo de seguridad, no sea que haya una filtración. En especial aquellos que están cerca de concluir su condena y otros que están presos a mediano tiempo, que oscila entre cinco y diez años de prisión.

Una noche larga, trato de encontrar el sueño, pero no puedo dormir, vienen mil preguntas a mi mente de la fuga, ya estoy metido en el lío y no me puedo retractar de lo que he hecho, pues aquí la palabra es la ley y si me retiro y pasa algo cuando regresen me matan pensando que los traicioné. Tengo horas pensando lo mismo estoy atormentado más cuando pienso en Karina, tengo miedo lo que piense de mí que no la quiero y sólo es arruinado su vida. Ya no sé cuándo podré volver a dormir.

Mañana es día de visitas, posible la última de este año, la esperaré con el amor de siempre, no sé si podré mirarla a los ojos por lo que he decidido, un acontecimiento que nos cambiará para siempre, por bien o por mal. No me atrevo a contarle, me siento que la he traicionado y aunque la amo más que a mi vida, este encierro me está volviendo loco, viéndola a ella tan lejos y a la vez tan cerca de mí, de mi alma, de mis pensamientos, de mi locura y delirio por amarla cada noche, por hacerla feliz y no puedo. Me siento impotente de no poder estar con ella cada vez que la necesite o viceversa. Por ella creo que vale la pena lo que estoy haciendo, pienso que si todo anda bien ganaremos, si anda mal y muero en el intento, he salido de este calvario que me ha trazado el destino, o bien sea que, si todo va mal, me he liberado y ella también y con el tiempo podrá rehacer su vida y todo esto pasará a ser un mal sueño que marcó dos vidas. Pero no es el fin, el tiempo le dará resignación y una vida nueva que tanto merece, yo tal vez viajaré en el tiempo, donde van las almas a recorrer el espacio y me conformaría si pudiera mirarla feliz a través de la distancia.

Hoy es el día más deseado de toda mi vida, la tendré entre mis brazos, me alegraré tanto como el día que nos encontramos en la fiestas patronales, allá en la alameda bajo el silencio de aquella noche única, el derroche de besos y abrazos nos embrujó con el encanto místico que arroja el canto de sirena al crecer la aurora, así vimos crecer nuestro amor a cada instante, diseñando el camino de un amor eterno que perdurará en el tiempo sin naufragar al embate del escenarios que está preparado, ni del miedo que nos arropa queriéndonos devorar. Defenderemos de todo y de todos lo más bello de la vida, el amor.

Llegó el día de la verdad, las rodillas me tiemblan, el momento no puede ser más aterrador, todo está preparado. Mi esposa notó un cambio en mí, pero no se percató de lo que estaba pasando, pude disimular muy bien aun con la gran pena que me embarga sabiendo que tal vez sea esta la última vez que la vea. Me miraba a los ojos profundamente tratando de encontrar en mi tristeza algo más, me conoce bien y sabe cuando estoy triste, pero debido a la circunstancia no hay sospecha más que el encierro y la soledad de la cárcel, suficiente motivo para estarlo. La encontré más hermosa que nunca, a pesar de su delgadez, ha perdido varias libras en lo que va de año. Cuánto daría por devolver el tiempo y hacerla feliz como al principio.

Hoy es la última noche que dormiré en esta cerda, —la suerte está echada, mañana en el patio recibiré las últimas instrucciones de la fuga, no sé cómo lograré dormir con estos nervios que me están matando. Pero que todo sea por la libertad, por el amor, por la vida, que viva la fuga.

Después de una noche en vilo me levanto como de costumbre, antes que suene la sirena y los guardias empiecen a tañer las cadenas que nos atan al encierro, así estaré preparado para comenzar el día, dispuesto a escuchar las últimas órdenes de Agripino, dirigente del escape, la hora exacta y el método a seguir, que aún, lo haya explicado explícitamente, no se nos vaya a olvidar.

Ya estando en el salón del desayuno, hay un gran silencio, las miradas trasfieren un aire de complicidad, todos están atentos a algo que todavía no se ha realizado. Noto un tanto de nervios, o son especulaciones mías por el susto que guardo dentro. La mayoría está sin apetito de acuerdo con un vigilante que nos mira detenidamente y hace seña a su compañero que está cerca de él, le parece raro que casi todos estén sin ganas de comer y pregunta: ¿pasa algo por aquí? Y le contesta un compañero, — ¡Es la época que nos tiene triste!

Se acabó el desayuno, tiempo de ir al patio, que la prudencia sea la ley que rija entre nosotros, —dice Agripino—, nos pusimos hacer ejercicio como de costumbre, otros oyen música, y cada cual está dentro de su grupo que frecuenta cada día y a veces nos juntamos todos a platicar de algún tema. Pero hoy es un día muy especial, donde depende de la coordinación el triunfo o el fracaso de esta noche en el cual después de las doce casi todo el personal más relevante se va a casa acompañar la familia, ahí entramos nosotros a funcionar con el golpe suave, como dice el maestro de este plan. Después de la última práctica se nos acabó el recreo al igual de cuando era chico que estaba en la escuela. Sonó la sirena, señal de volver a la celda y después de una exhaustiva requisa para ver quién lleva algo para dentro. Armas, drogas o alcohol que es lo más que se introduce allí, especialmente alcohol que es lo más que tenemos ya que es parte del plan de fuga.

De nuevo en la celda hay que esperar la hora del almuerzo para volver al comedor. Será una comida ligera ya que por la tarde tendremos una pequeña fiestecita de despedida de año. Comeremos lechón asado y otras comidas que traen los familiares de algunos presos que tienen permiso de compartir con ellos un rato para despido del año. Mi esposa no puede venir, estuvo conmigo anteayer y no podría tomar ese largo camino tan pronto. Mayormente vienen los familiares de presos que no viven tan lejos de aquí, pero todos compartimos de lo que hay, sin importar quién lo traiga.

Un día excitante y lento, llamaron a varios para trabajar en la cocina ayudando a pelar papas y hacer la limpieza en la misma, rápido me ofrecí para matar un poco el tiempo y botar todos estos pensamientos que llegan a mi cerebro que no me dejan descansar, así que pasé toda la tarde trabajando, esto me ayudó a poner mi mente en orden. Después que terminé me llevaron a mi celda donde pasé el resto del día hasta que me llamaron para la gran cena de despedida de año. Hubo de todo menos licor y duró hasta las nueve. De ahí todos nos despedimos de los invitados y cada uno para su rincón. No dejé de pensar en mi amor ni un solo momento, quería que todo terminara rápido para que llegara la hora de salir libre de ese maldito encierro, estaba animado y dispuesto a correr el riesgo de lo que fuera, total todo lo que pudiera pasarme será menos que lo que estoy sufriendo aquí y debía de hacerlo para revelarme contra el mundo y contra mí, porque en el fondo de mi alma pienso que la vida me negó la oportunidad de algo distinto y yo no tuve otro remedio que ser lo que el mundo quería que yo fuera, no lo que yo quería ser, que era llevar una vida digna.

La cárcel no es el sitio más idóneo para cumplir por algunos delitos, creo que la gente debe tener la oportunidad de reflexionar sin ser castigado tan severamente. El estancamiento de una persona en prisión es más dañino para la sociedad que dándole la oportunidad a que cumpla su condena en casa, con restricciones que lo lleven a reformarse sin la necesidad de separar la familia, y hacer de este alguien útil, porque cuando está en una celda no le sirve a nadie, más que a los que tienen el negocio de prisiones, que es lo que más se está usando hoy día. Sólo los que cometen crímenes violentos deben ser separados del resto de la sociedad por representar un peligro para los demás, pero en su mayoría parte de los delitos pueden ser evaluados detalladamente y darles la ciudad por cárcel que antes de estar encerrados puedan servir en trabajos comunitarios y otros proyectos que los enseñen hacer responsables con la comunidad en donde viven. De este modo no tienen los contribuyentes esa carga de mantener gente que no está haciendo nada, más bien usando los recursos que pueden servir para hospitales y mejores escuelas que formen los hombres y mujeres del mañana. Los recursos que se utilizan para encerrar personas, sería más provechoso utilizarlos en psicólogos y otros profesionales de la salud mental que mejore el comportamiento de los que se han desviados.

La noche va de prisa, la hora se acerca, parecemos mudos haciendo señal para comunicarnos, todos están tenso, yo estoy de muerte rogando que todo vaya bien, que el plan funcione. Ya se han ido casi todos los altos mandos, y muchos guardianes están de licencia, estamos con un personal restringido y pronto comenzará el trabajo que tenemos que hacer. Éstos que están aquí cuidándonos ya nos han manifestado que tienen ganas de tomar algunos tragos, ellos saben que hay bebida escondida en algunas de las celdas, porque ellos mismos nos ayudan a introducirla cuando están de buenas y a veces por las noches nos piden un trago, hoy le daremos todos los tragos que quieran, hasta que se vayan de cabeza, lo único que esta vez el trago está preparado para que pierdan la voluntad y luego queden dormidos hasta que amanezca. —Mano a la obra me dice Ernesto—, que es el que queda más cerca de mí, yo así mismo paso el mensaje al otro y así vamos avisando a los demás. Pasada la media noche todo está en calma. —precisamente lo que esperábamos—, uno de los carceleros se nos aproxima, nos hace un guiño para que saquemos la botella y les brindemos un trago. Esta vez seremos más espléndidos y le daremos la botella entera para que les reparta a los demás. Tenga amigo, -le dice Agripino- ahí tiene su regalo de navidad para usted y sus compañeros, el guardia muy contento destapa la botella que parecía que estaba sellada originalmente para que no levantara sospecha, ahí se fue a compartirlo con los demás guardias que se echaban tragos largos sin esperar lo que le pasaría. Así fue pasando el momento entre tragos y tragos parecían que se dormían y el sereno que está en la torre debe estar noqueado. Se llevó un trago bien largo para no tener que bajar de nuevo. Todo parece estar bajo control, lo único que falta es que el guardia de la silla, el que tiene la llave regrese aquí para poder quitarle la misma. —Oiga amigo, le dice Agripino— el hombre voltea y casi no se puede parar, hay que aprovechar antes que quede dormido y nosotros aquí encerrados, —traiga la llave que mi amigo necesita ir a la enfermería a buscar aspirina—, así fue, casi sin poder levantarse nos trae el manojo de llave y luego regresa a la silla a dormir. —Lo hicimos, murmuró Agripino—. Rápido, abran la puerta de cada uno, que llegó el momento de volar, algunos que no estaban enterados nos miraban con asombro no sabían lo del plan, les dijimos que los invitábamos para que fueran libres, pero se negaron a participar. Comenzó el correteo, todos a la alambrada teníamos una tijera de cortar metales con la que saldríamos a la calle, allí nos esperaban nuestros cómplices para escapar, rápido nos montamos en el autobús, no había tiempo que perder, la madrugada avanzaba y había que buscar refugio para cada uno. Después de salir del entorno buscamos la ruta de la ciudad, cada cual fue escogiendo donde quería quedarse que le fuera más factible esconderse por algún tiempo, los amigos de afuera tenían todo preparado, así pasaron las horas dando tumbo, hasta que llegó mi turno, no le había avisado a nadie, sólo Braulio sabía de la fuga, pero no cuando. Me quedé en un parque bien oscuro donde me puse una remuda que tenía conmigo y luego Salí a tomar un transporte que me llevara donde mi amigo Braulio a buscar dinero para poder seguir caminando, había que darse prisa, el viaje era largo casi seis horas de camino. Los otros vivían en pueblos más cercanos, sólo yo estaba a distancia. Me invitaron a quedarme con ellos, pero yo decidí que era mejor tomarme el riesgo de llegar donde conocía y tenía a alguien que me ayudara. No quería comprometerlos con mi presencia y a casa de mi amigo Antonio tampoco quiero llegar pues no sabe uno lo que piensa el otro. Lo mejor es llegar a la frontera y ver si puedo colarme por algún lado ya que carezco de pasaporte y si me presento a buscar uno lo más probable es que me apresen ahí mismo. Después de seis horas de camino llegué al pueblecito que vive Braulio, tratando de que nadie me vea entrar, quien sabe si alguien me conoce, aunque creo que ya ni se acuerdan de mí. Me arrimo a la puerta y toco con prudencia para que las niñas que siempre están detrás jugando o haciendo la tarea escolar no me vean entrar, mi amigo abre la puerta y dice —María Santísima— entra me parece estar viendo un fantasma, no me dijiste que estaba en serio y que era hoy la fuga. No importa. -le dije- sólo vine a buscar algo de dinero para poder ver qué hago. Descansa un rato -me dijo- para que puedas pensar con claridad los pasos que tengas que dar, aquí nadie te encontrará y puedes hacer los planes que te lleven a puerto seguro. Tienes razón le contesto, pero es que no quiero comprometerte a nada, está bien -me dijo-, pero en este caso lo mejor es que descanse, te ves agotado.

Rápido me preparó un pequeño cuarto que está de último en la casa. Allí descansé el resto del día, había llegado como a las ocho de la mañana, cuando me levanté ya Braulio había escuchado todos los pormenores que decían los noticieros de la fuga, parte de los escapados ya habían sido apresados, tenía mucha angustia, le pregunté a mi amigo si mi esposa había llamado, no me dijo, espero que no lo haga, te pondría en peligro estoy seguro de que su teléfono fue el primero en ser interceptado para rastrear las llamadas que ella haga. Pero si sucede yo le diré rápido que no sé para despistar.

Llegó la noche, me sentía triste y acongojado, tenía rabia conmigo, ahora estaba en libertad, pero como si no lo tuviera, había que vivir escondido a espalda del sentido común, quería estar libre para estar cerca de mi querida esposa, veo que no es así y ahora estoy más lejos de ella que cuando estaba detrás de los barrotes, aquella era una celda pequeña, esta una celda grande, pero que al final se va convirtiendo en más pequeña que la otra. Braulio apagó la luz del frente, nos quedamos casi en silencio como si no viviera nadie aquí, ya las niñas sabían de mi presencia, hay cosa que no se pueden ocultar, pero hablamos con ellas y sin decirles el motivo les dijimos que no podían comentar nada, porque le haríamos daño a nuestro amigo, lo entendieron sin preámbulos ni preguntas, quieren mucho a este amigo y no lo iban a perjudicar. Nos quedamos platicando largo rato lo más en silencio posible para que nadie nos escuchara, pues nos imaginamos que había una cacería de bruja buscando por todas partes para encontrar el resto que aún faltaban por localizar. Yo era uno de lo que posiblemente más les interesaban hallar, porque apenas estaba comenzando mi condena y me faltaba mucho por cumplir, me querían vivo o muerto. Las noticias la pasaban a cada rato y el retrato de cada uno para que la gente colaborara con denunciar, unas jugosas recompensas ofrecen al que diera el paradero mío y los demás que todavía estaban huyendo. Era difícil escapar de esto le comento a Braulio que me miraba con pena casi al borde de llorar, pues el cariño es bastante.

Las dos de la madrugada, todavía sin poder dormir seguíamos planificando cómo hacer para salir de este atolladero en el que me he metido. —Y si te entregas me dice mi amigo—, sería lo mejor para ti o tendrás que correr el resto de tus días y cuando te agarren la condena se hace más larga, en cambio, si vas voluntario el castigo será menor. En eso tocan la puerta, un gran susto, escóndete me dice Braulio, tal vez es algún vecino que quiere algo. Rápido me voy y me meto en el cuartico de atrás. Braulio abre la puerta y se queda mudo y sólo oigo que dice pasa, mi corazón saltó de miedo y a la vez de alegría, me imaginaba quien era que había llegado, me abrieron la puerta del cuartito donde me escondía, era mi amor, casi no podía hablar, temblaba de inquietud. Me moría de vergüenza por lo que había hecho, —le había fallado al amor de mi vida—, pensé más en mí que en ella, me reproché, fui un egoísta al dar este paso. Ella me miró fijamente y sin decir nada, pero su mirada lo dijeron todo, no me atrevía abrazarla más ella tuvo compasión de mí y sin rencor me abrazó fuerte y murmuró: amor qué has hecho de los dos. Fue lo que dijo y luego se desmayó. La recosté en la cama y con la ayuda de Braulio que trajo alcoholado pudimos revivirla de nuevo. Se paró en cuanto pudo y me dijo que se iba a casa, creo que estaba muy triste y a la vez enojada conmigo. No quise retenerla, yo tenía poco que decir, le había fallado de nuevo y tal vez esta no me lo perdone.

Llegó la mañana en desvelo, y ni Braulio ni yo pudimos pegar los ojos, descansa me dijo para que tengas ánimo de pensar lo que vas a hacer, pues hay que estar en placidez para poder dilucidar de mejor forma, y eso solo se logra con un poco de descanso. Así fue, el cansancio me venció, dormí hasta las doce del mediodía, cuando desperté ya Braulio había preparado una sopa de gallina bien sabrosa, me bañé y comí bastante hasta quedar satisfecho, luego nos pusimos a conversar y llegamos a la conclusión que debía tomar esto como una travesura infantil y que debiera entregarme a las autoridades por el bien de mi esposa y el mío propio. Voy a pensarlo, le contesté, antes quisiera consultarlo con Karina a ver cuál es su opinión. "Pero no le consultaste para fugarte", me dijo Braulio, ¡ah! y ahora que está en apuro quiere contar con ella, me parece egoísta de tu parte que la pongas en el dilema de elegir. Seguimos conversando a medida que fue creciendo la tarde, nos servimos varias copas de vodka con jugo de toronja que por cierto es la bebida favorita de mi amigo, a mí me gusta el whisky a la roca o vino, pero decidí acompañarlo a él. Luego llegó la noche me sentía a gusto en casa de mi amigo, escondido me recordaba los días no muy lejanos cuando vendía mi mercancía, que me refugiaba en mi viejo apartamento soñando con días mejores, hoy estoy libre de aquello, de ser un "narco" que siempre anda asustado y a escondida, pero me parece lo mismo que ayer cuando la prisión mental es más fuerte que la física. Por lo menos podré escapar, aunque sea por poco tiempo, no sé cuántos días me quedan para disfrutar esta estadía fuera del encierro que me asfixiaba noche y día, hoy parezco un hombre libre y voy a disfrutar cada segundo que me queden sin pensar que soy un fugitivo.

Siguen corriendo los días aquí encerrado sin saber qué hacer, todavía estoy pensando el rumbo que tomaré, de Karina no he vuelto a saber nada y no me atrevo a visitarla pues sería meterme yo mismo en la boca del lobo, sé que ella tampoco lo hace por la misma razón, tal vez la hayan visitado varias veces preguntando por mí, o estará en casa de sus padres, no lo sé, pero me encantaría volver a casa y estar con ella, aunque sea una noche más. Y luego, que sea lo que la vida quiera.

Ya en la madrugada, cuando la noche se hace eterna pensando tantas cosas de mi vida, sabiendo que más tarde que temprano volveré a estar de vuelta en la prisión, quiero aprovechar y poder estar con ella, pues sé que pasaré mucho tiempo sin verla, más ahora que he cometido el delito de fugarme, me castigarán por mucho tiempo la visita conyugal. Así que estoy pensando que nos veamos mañana en algún lugar. Cuando amanezca le mandaré un mensaje con mi amigo, me gustaría que sea en casa donde la dejé cuando me apresaron, ya llevaba varios años viviendo allí y me gustaría revivir el pasado de mis días de "gloria en ese lugar", en donde forjé tantos hermosos sueños, primero a solas y posteriormente al lado de mi amor eterno.

Después de descansar un poco me levanté pensando en la posibilidad de verme con mi amor, quizás sea lo último que haga en mi vida, pero no pasaré otra noche sin verla. Así que en cuanto tuve la oportunidad le comenté a Braulio mi deseo de verme con ella. Estás loco -me dijo-, pero no hay de otra, eres un cabeza dura y sé que no te voy a convencer de lo contrario, en cuanto pueda trataré de verla y le daré tu mensaje. Ya en la tarde después de cocinar fue por el hospital donde trabaja, la buscó con disimulo, cuando la vio se hizo el enfermo, más ella entendió que traía algo para ella, se arrimó y le dijo, dime, -tu amor quiere verte, llegará a tu apartamento después de la media noche, no es una buena idea —le dijo—, pero lo esperaré. —Dile que lo amo.

Pasó el día, y llegó la noche sin premura aquí en casa de mi amigo esperando el momento de partir, Braulio me trajo una peluca que compró en una tienda de bisutería donde venden de todo, era una peluca de mujer, pero él la fue recortando hasta convertirla en peluca de hombre. También me trajo un abrigo fuerte ya que el frío era intenso, me fue preparando y cambiando algunas cosas en mí para un mejor encubrir mis rasgos más notables que tengo. A medida que pasaba el tiempo me ponía más nervioso de lo esperado, sabía que tenía que actuar lo más prudente posible para que nadie sospechara, ya que mi retrato se había difundido por todas partes y alguien me podía reconocer y llamar la policía.

Pasada la media noche salí a la calle, no quise llamar un servicio de taxi para que me recogiera, decidí caminar un poco hasta alejarme del entorno y luego paré uno a varias cuadras de allí. Iba bien ataviado, imposible que alguien me reconociera, le di la dirección a unas tres cuadras de mi antigua vivienda. De ahí caminé con cautela tratando de no ser visto, pues viví muchos años allí y hay gente que no se olvida de uno. Caminé de prisa bajo el frío congelante de la noche, me esperaba el amor y había que llegar para consumarlo, nada me podía detener, su olor llegaba con la brisa que acariciaba mis sentidos como la savia al árbol que lo concibió. Ya estando a la entrada del inmueble se abrió la puerta que me dejó entrar, no hubo palabras que decir, solo silencio que contar, y fundido los dos se hizo la noche eterna. Muy de mañana me alejé como se aleja el viento para enrumbar el camino que habría de seguir. Tomé un taxi y me fui derecho al destacamento más cercano, a confesar mi delito. Mi amor me había convencido de la decisión que tomé, aún sin decírmelo, ella sabía el peligro que corría y con lágrimas en sus ojos me lo dijo todo, yo la entendí porque el alma es más elocuente que las palabras. Ahí paseé tres días en interrogatorio, nunca dije donde me escondí ni que estuve una noche con mi esposa para no comprometer a nadie. Luego me llevaron a una prisión federal donde permanecí más de seis meces sin recibir visita de nadie, un lugar más lejos que donde estaba antes de la fuga. Mi abogado trató de que me trasladaran más cerca de mi entorno, pero no fue posible y aquí quedé, dos meses en solitario como castigo por la fuga en esta prisión de máxima seguridad, donde no conocía a nadie y difícil para mi amor visitarme. El día que lo hizo me pareció no verla por mucho tiempo y sólo había pasado cerca de medio año de nuestro último encuentro en que nos amamos hasta el amanecer. Sentía su mirada perdida en el tiempo, vagaba a través del recuerdo de cuando nos encontramos aquel hermoso día de verano en la placita de la ciudad, que por primera vez nos abrazamos, así sentí cuando fundí su cuerpo junto al mío, su piel ardiente como el sol de mediodía que entibia las paredes de este recinto, pero que hace de este encuentro doloroso, pues quien sabe cuándo vuelva a suceder, y no hay como devolver el tiempo para empezar de nuevo.

Aquí los días son largos, las noches eternas, contando las luciérnagas que se asoman a través de las rendijas que dejan colar un poco de aire para que no me asfixie. Quisiera ser libre como ellas y alumbrar la noche con desafiante titilar hasta alcanzar el alba. Pero sigo aquí estancado, viendo pasar los días sin futuro ni alegría que me alivien el alma. Más bien hay una tristeza en mí que no se borra por mucho que yo trato de alejarla. Mi esposa poco me visita, no tiene como hacerlo con frecuencia, pero me escribe dándome ánimo y dejándome saber cuánto me ama y que esperará por mí cuanto tiempo sea posible. Yo también le mando las cartas que le escribo cada noche o se la guardo para cuando me visita como al principio, es una forma de sentirnos juntos a través de la distancia, soñando con épocas mejores para no morir de ausencia ante la adversidad de la vida.

Pronto llegará otra navidad, hace casi un año de la fuga, me gustaría volverme a escapar para ser libre de nuevo. Vivir esa aventura tan fugaz la cual no supe aprovechar al máximo. Es difícil volverlo a intentar, aquí no tengo los amigos que hice allí desde que llegué. Los reclusos de aquí son distintos, se cuidan mucho, la mayoría de ellos no me hablan, saben lo de la fuga y tienen miedo a contagiarse conmigo. Sólo el que comparte celda conmigo me dirige la palabra algunas veces, yo los entiendo, han cumplido largas condenas y están a punto de salir en libertad y no quieren perjudicarse por nadie. La verdad es que me encuentro muy solo sin poder desahogarme con un amigo como lo hacía antes. Pero no hay de otra, hay que seguir viviendo para ver que será dentro de varios años cuando el recuerdo se convierta tan solo en el preludio de una vida que se marcha bajo la sombra perenne de la noche al reposo eterno,

Más allá del tiempo y la distancia, donde el bien se funde con el mal y viceversa. Allá habrán llegado los sueños de lo que pasamos una vida atormentada por el destierro implacable, señalados por los que aplican la justicia, que no siempre es justa, que, amparado en el bien común, muchas veces se hace el mal.

Un domingo más en solitario de los tantos que he vivido encerrado y los muchos que me faltan para cumplir este ciclo de mi existencia, viendo pasar los días en saudades, donde el fado marca el único camino que me toca transitar por esta senda, sin tapices ni acomodos que pueda yo enmendar mi gran error, pero nosotros los humanos tenemos el más valioso don de la naturaleza, que es la perseverancia, la fe y el sentido de la supervivencia, cualidades que vienen adheridas a nuestro ADN, heredado de nuestros antepasados. Eso nos hace ser resistentes y no violar esta ley que está dentro para evitar el suicidio que muchas veces se hace presente en aras de terminar con el sufrimiento.

Braulio tiene unos cuantos meces que no me visita, me llama cada semana para contarme de su vida y de las niñas que ya están creciendo y que siempre indagan por mí, que están triste por mi ausencia. Preguntan que cuándo regreso. Me contó que en días pasados se topó con Karina caminando por la ciudad y se detuvieron un rato a conversar, me dice que la encontró más animada o quiso aparentar eso, pero se le notaba una gran tristeza en la mirada, le dijo de que pronto viene a visitarme ya que hace tiempo que no nos vemos en persona sólo hablamos por teléfono cada día, que no es igual que frente a frente. Me dijo algo que me ha puesto a pensar, —que ella no es ni la sombra de lo que un día fue —, explícame eso amigo que no entiendo por qué lo dice—, simple, —me dijo—, cuando la conocí estaba siempre alegre, con una sonrisa a flor de labios, buen semblante, en cambio hoy día se ve opacada muy delgada y se nota como si estuviera cansada, no con aquella energía que denotaba cuando me la presentaste, se veía radiante y sosegada, en cambio hoy es un ente andante que trasiega entre el tiempo y el espacio tratando de encontrar un lugar donde depositar lo que llevas dentro.

Te aconsejo que le dé mucho cariño, llámala a cada hora para que sienta que estás con ella a cada instante, no la dejes sola que tal vez se sienta más prisionera que tú y en esa soledad se deje ir para no afrontar lo que está viviendo. No te cuento todo esto para entristecerte sino para que la rescate, la ayude a superar la cárcel en la que ella está sumergida en este momento.

Después de oír el mensaje que me dio Braulio me puse a pensar lo que me dijo y a la conclusión que he llegado es, que soy un cómodo que no he sabido llevar mis errores con valentía y en medio de todas mis locuras la he perturbado más que a mí mismo. Debo recatarla por su bien, aunque no sé cómo hacerlo en medio de este encierro.

Pasado unos días me visitó, sentí una alegría tan grande que no se puede descifrar con palabras, (porque no las hay) y a la vez, una gran tristeza que no tiene comparación, sentirse triste y alegre al mismo tiempo es como para enloquecer sabiendo lo antagónico del dilema, cuando las circunstancias separan las cosas más preciadas que tenemos, vivimos un día de júbilo, volvimos a soñar, aunque con cierta reserva, con los pies más puesto sobre tierra, tratando de no engañarnos con ilusiones furtivas que nos hagan ver pajaritos en el aire, porque no los hay.

Las horas pasaron de prisa, pues no hay nada más reconfortante para mí que estar cerca de ella, mirándole a los ojos, que fue precisamente lo que más me gustó de cuando la conocí, su mirada limpia y segura de lo que quiere. Después de tanto cariño llegó la hora de la partida hasta una próxima vez.

Entró la noche con agobio, pensando que por donde irás en este momento, ya que el camino es muy largo, tan largo como mi esperanza de volverla a ver. Espero que llegue con bien y que la vida le dé cosas mejores para seguir adelante ante tantos infortunios.

A la mañana siguiente me llamaron de la oficina del jefe, había una orden de traslado para otra prisión más intrincada, pues Aquí sólo era provisional de acuerdo con el expediente que me leyó la escribiente que atendió mi caso. La cárcel que me consignarán es de máxima seguridad para prevenir que no me volveré a escapar. Le pregunté que cuándo se efectuará el cambio, —en unos días me dijo—. De regreso a la celda y un poco triste por el canje, espero con impaciencia que llegue la hora del almuerzo para llamar a mi abogado y contarle lo que ha pasado, creo que no lo sabía, puesto que no me dijo nada. También debo decirle a mi esposa lo del traslado para que se vaya haciendo la idea de lo que hay. No sé todavía si será más cerca o lejos, pero me imagino que habrá más restricciones que las que hay aquí, ya que esta es una prisión, que sólo alberga presos que están terminando su condena y donde voy es para confinados de larga duración, y ahí me encuentro yo.

No pasó mucho tiempo para que me informaran el día del traslado, ya lo había averiguado todo, la distancia y en especial el trato que dan a los presos allí. Las visitas conyugales están prohibidas, lo cual me despoja del derecho que tienen los prisioneros al encuentro familiar, "fuente fundamental para no enloquecer". Por motivo de mi partida, algunos presos que nunca me habían dirigido la palabra hoy lo hicieron después de haberse enterado de mi traslado, me desearon mucha suerte y me dieron algunos consejos para subsistir sin desmayar hasta que llegue el día de la libertad. Me dijo mi compañero de celda: tú lo hiciste, tienes que confrontarlo, con lamentarte no resuelves nada, hay que mirar hacia delante con valentía, que lo ocurrido nos sirva para enmendar los errores y que nuestros días venideros sean más felices. Te agradezco tu consejo, lo tomaré en cuenta, —le dije-.

En el atardecer del domingo, un carcelero se acercó para decirme que mañana me trasladarán a mi nuevo hogar, recuerdo que llovía sin cesar bajo un cielo borrascoso, tan triste como mi alma y cuando dio la espalda el mensajero lloré sin detenerme por espacio de algún tiempo, fue uno de los días más triste de mi vida, sabiendo que cada minuto me alejaba más de ella, mi esposa.

Cinco años más tarde, la había visto pocas veces. Aquí las visitas son contadas, más la distancia para llegar se tornaba difícil de vernos, pero no pasaba un día que no nos comunicáramos por teléfono. Y ahora para rematar me entero lo de Braulio, siento una gran tristeza al saber que mi amigo se marchó de donde no se regresa, su última llamada la recibí ayer en la mañana, me marcó del hospital ya en estado agónico, la bebida le dañó el hígado y aunque había aplicado para un trasplante no alcanzó a conseguir su cometido y murió. Las niñas quedaron a cargo de una tía tan beoda como él, que vivía cerca y a veces pasaba por su casa a cocinarle cuando la circunstancia lo requería. Algunos amigos que tenía nunca fueron a visitarlo al hospital, ya que es difícil visitar a alguien cuando está preso o enfermo por razones de tiempo o indiferencia que es uno de los males mayor que enfrenta la humanidad.

Seguía el tiempo, a paso de letanía con infinito proceder, pero marcando el futuro que se percibe entre el bien y el mal que no imaginas cuál será tu lugar al correr de las épocas venideras que se aproximan. Y se hace lento, pero que aplica la misma técnica de la gotera de agua sobre la piedra dura, que al final la perfora, dando por entendido que todo plazo se cumple, que nada dura para siempre, y aunque aquí encerrado nos parezca que todo es perpetuo, es algo subjetivo por el factor circunstancia que en la mayoría de los casos domina nuestra voluntad. Pero que seguimos viviendo y esperando que llegue el día soñado de tener libertad aún sobre un mar de lágrimas. Que trasiega un océano entero en término figurado.

Después de un tiempo, he hecho buenas amistades aquí, en especial con los que están por el mismo motivo que yo, también los hay por otras circunstancias, inclusive hay presos de conciencia como llaman a los que están por razones política; gente que por sus ideales fueron tildados de conspirar contra el gobierno: compatriotas míos los cuales no menciono sus nombres por razones éticas y personal, ya que no se me ha dado el permiso para difundir sus nombres, lo cual, algún día me gustaría hacerlo para desvelar a los incrédulos, de la mal llamada democracia de papel.

Es increíble, si no me hubiera fugado sólo me faltarían menos de diez años para salir en libertad, pero debido a mi falta, no soy elegible para reducción de tiempo lo que me hace candidato a cumplir condena completa. Si es que no me aplican la pena por la fuga, cosa que casi te la aplican si quieren, cuando esté listo para salir. Te dejan llegar hasta la puerta y de ahí te arrestan de nuevo y para atrás a la prisión, —que sea lo que la vida quiera.

Esta venidera navidad cumplo siete años encarcelado, siete años de sufrimientos disimulando el dolor, tratando de lucir siempre mi mejor semblante para que no descubran mi verdadero yo, ese ser vulnerable a los designios del diario vivir, siempre a la sombra del que más puede, que esclaviza con su arrogancia al que está más débil, ese sistema malvado que no tiene compasión con nadie ni con nada, que se alimenta del dolor ajeno para prosperar, para echar raíces cada día más profundas y así expandirse a través de todo el mundo. Es la ley del más fuerte, "yo diría la ley del talión, el principio jurídico de justicia retributiva", en el cual las normas imponen un castigo que debe ser igual al crimen cometido, que es ojo por ojo, diente por diente consagrado en el libro Éxodo del antiguo testamento, pero que a veces justifica por el mal comportamiento que alimenta la sociedad, discriminando a quien no pertenece al grupo privilegiado que predomina en cada círculo social de cada país. Yo diría que la sociedad misma es culpable, todos somos culpables del delito ajeno, ya que vivimos en sociedad, pero lejos el uno del otro, aislándonos en castas de poder donde la más fuerte siempre predomina sobre las sucesivas categorías. Las cárceles se nutren de la casta de abajo, que es la mayoría, los de arriba, aunque sean delincuentes son protegidos casi siempre por el mismo poder judicial donde son ellos los abogados, fiscales y jueces a la vez, pero no hay que renunciar a un mundo mejor, un sistema más justo, donde todos juguemos un papel importante para las postreras generaciones de jóvenes que han de llegar.

Sin dejar atrás el camino recorrido por los últimos años, que han marcado mi vida para siempre, en el acaecer de las noches solitarias y silentes, en concordancia con el misterio que se hace cómplice de esta aventura no deseada, no puedo decir que haya perdido todo este tiempo encerrado, he ganado el aprendizaje más sabio de mi vida, que tal vez de nada me sirva, dado que cuando lo quiera poner en práctica sea demasiado tarde para beneficiarme de lo asimilado, pero que le puede servir a otros de guía para no caer en la trampa de no seguir las reglas que impone la sociedad en la cual estamos viviendo. Cuando rompe esas reglas deja de ser un hombre libre y te convierte en esclavo de esa sociedad que un día perteneciste, la cual ya no pertenece más. Y queda rezagado en el olvido absoluto al no poder integrarte a ella y siempre serás un chivo expiatorio del juego que, aunque te esfuerces nunca ganas para poder sobrevivir.

Voy quemando cada noche, cada día, cada minuto de lo que me queda por vivir que no es tanto, pero aun suficiente para tratar de ponerme en paz conmigo, ser feliz interiormente que es donde se encuentra la verdadera savia del camino que cada uno tiene que recorrer y esto no sólo incumbe el estado material, también el espiritual, ser parte del juego de la vida, donde serás libre para siempre. Piensa en esa libertad del pensamiento que coexistirá como único elemento cuando el cuerpo se desvanezca convertido en polvo, sólo el pensamiento perdurará por toda una eternidad, más allá de la materia y el tiempo de la vida que tuviste, pues todo pasa, más tu pensamiento eternizará en el universo, será tu nueva y única entidad. Porque al fin: somos lo que pensamos que somos y en ese acaecer, puedes que entierren tu cuerpo, pero jamás tu parecer, será tu escudo en la adversidad, tu refugio y tu soñar y a veces tu escape cuando te encuentres en el más absoluto encierro de tu celda en un domingo después de la media noche, viajarás con él a los lugares más remotos que haya imaginado y así se detendrá en ti el tiempo.

Estoy inspirado esta noche, pienso en ella, mi compañera, la cual no veo desde hace algún tiempo, le oigo su voz cansada cuando nos comunicamos, un tanto débil, no sé si son los años de desalientos, o tal vez se encuentre quebrantada, como me dijo una vez el difunto Braulio que ya no le notaba la energía de cuando la conoció, aún es joven, mucho más que yo, podría cantarle la bella melodía de las candilejas y nos vendría a la perfección. Pero todo sigue, ella también, la vida no se detiene, sigue su curso, así como el río que precipita sus aguas para alcanzar el mar, que luego y con el tiempo se reciclan a través de la lluvia y que en algún cauce vuelve a fluvial. Porque todo da vuelta de acuerdo con el ciclo que le toque y todos somos parte de ese complejo juego de la vida.

Ya tratando de dormir, me despido de esta noche, de su triste acontecer. Sabiendo que es única porque no hay otra como esta, vendrán muchas parecidas, pero ninguna será igual y las siguientes me traerán nuevos acontecimientos que recopilaré en mi memoria para luego plasmarlo en la página del calendario donde se agita el tiempo sobre el redil de la vida, para luego ser libre, y ahí estaré yo cosechando el amor que no ha podido florecer a su libre albedrío como lo soñé.

Ya en la mañana, la misma rutina de siempre, el sonar de la cerradura, el guardia que no da ni contesta el saludo y para fuera al comedor a desayunar para luego hacer ejercicios, otros a realizar algún trabajo, yo después de un poco de deporte me toca ir a la cocina y ayudar con los quehaceres de la limpieza, lavar platos y picar las verduras para el almuerzo, trabajo que lo hago con mucho gusto cada día para entretener mi mente, bailando con la escoba para no olvidar de cuando lo hacía y las amigas me elogiaban dizque por lo bien que danzaba en la discoteca. Así se me hace corta la mañana y es como quitarle horas al día y compensar con lo largas que se hacen las noches en el encierro perpetuo del calabozo al cual también amo, porque llega uno a amar todo aquello que está cerca, aún en este caso mi encierro, cuatro paredes que limitan mi libertad. Esto que digo es un poco psíquico, amar a quien te castiga. Por eso dicen que el amor es ciego, pero creo que es la costumbre de estar encerrado sabiendo que esas paredes te atormentan y a la vez te protegen de la adversidad del tiempo del frío y la lluvia, que aun te hagan daño tu valora esas cualidades, ya que el espacio no tiene la culpa de que tú estés allí.

Se acaba de marchar el día, devuelta a la sombra, lo único que se hace es pensar y más pensar, en lo que fue y no pudo ser, porque lo que pasó es como si no hubiera existido, pero aún sigue latente la angustia y el dolor de saber que estoy derrochando el mejor tiempo de mi vida y que después de esto, no queda más ilusiones que te devuelva ese sueño que tuviste un día y que estuvo truncado sin derecho a tener un poquito de lo que tenías. Ni siquiera poder tener una visita conyugal, mi esposa llega recorriendo un largo camino para vernos por dos horas y luego de regreso la misma distancia que recorre por igual.

He reconstruido mi vida cerca y lejos de ella, lo último que me queda, los demás se han ido evaporando como humo de tempestad arrastrado por el viento de otoño moribundo y fugaz, sin rastro alguno de retornar, ya que cuando se pierde la libertad se pierde todo lo que te rodea, amigos y vienes, por lo tanto, cuesta mucho retornar donde estabas, sino pregúnteles a los miles de confinados que hay en prisiones.

Ya en domingo, parado desde muy temprano esperando el amor de mi vida, cada minuto se hace largo, deseoso de ese abrazo único que ella me da, el cual necesito como el propio aire que respiro, ansioso que llegue ese momento sin parangón para mi existencia. Llegada la hora de visita nada que alcanza y en su lugar veo que quien viene es su padre, el cual no veo desde el casamiento. Muy sorprendido de esa inesperada visita me hago mil preguntas en mi locomotora cerebral tratando de encontrar una lógica explicación, pero se acerca a mí antes de encontrar tan ansiada respuesta, me mira como queriendo adivinar mi sentir, sabe que estoy ávido y trata de tranquilizarme, me pone la mano en el hombro, siéntate me dice que todo está bien, pienso si todo está bien ¿por qué ella no vino? y adivinando mi pensamiento me contesta, es sólo un pequeño quebranto lo que tiene yo vine en su lugar para que no pasara este domingo tan solo y además tenía deseos de verte. Lo miré sin saber qué decir y le repliqué: yo pensaba que usted me odiaba por todo lo que le he hecho pasar a su hija, no, -me dijo-, yo no puedo odiar lo que mi hija ama, yo sé todo el trabajo que ella ha pasado, pero también soy testigo de lo feliz que ella ha sido contigo y como dice el refrán, que más vale un día de felicidad que cien años de soledad. Sus palabras me hicieron sentir más cómodo, no sin estar abochornado frente a este padre amoroso, que me perdona todo el dolor que su hija ha pasado a mi lado y sin reproches ni insultos tiene compasión conmigo, hasta el punto de visitarme y hacerme un poco de compañía. Después de conversar un rato, rápido entramos a hablar de Karina, ya no aguantaba y quería saber de ella y el motivo de su ausencia, le pregunté de cómo se encuentra y que tipo de patología les han diagnosticado, dígame toda la verdad por favor, que ella que no vino debe estar muy enferma y necesito saber todo con exactitud, dígame Don Pedro, dígame que está bien, porque nunca he imaginado mi vida sin ella, ella es mi razón de ser y si todavía hay en mí una luz de esperanza es por amor a ella, a ese ser maravilloso que la vida puso en mi camino, aún con el destino marcado en mi frente que sin merecerlo también tocó a ella. No, ella está bien, me dijo, le están haciendo exámenes, creo que tiene mucho agotamiento y lo más que necesita es descanso, Y vengo a pedirle un favor ¿Favor? le dije, dígame lo que sea. Mire usted, me dijo, yo quisiera que me dé el permiso para que ella, mi hija entregue el departamento donde vive para que no esté tan sola, yo sé que usted no estará de acuerdo con hacer eso por razones sentimentales y ella, que está allí aferrada a sus recuerdos también se resistirá , pero sería mejor que ella no pase tanto tiempo sola y se venga definitivamente a vivir con nosotros hasta que usted salga libre y entonces puedan de nuevo rehacer sus vidas juntos, de esa manera su madre puede ayudarla a recuperarse, a recuperarse de qué le dije, acaso hay algo malo que usted no me ha contado, dígame sin tapujo lo que sea, no es bueno vivir en la ignorancia. Bien me dijo, su esposa fue diagnosticada con cáncer de mama y no sabemos todavía en qué fase se encuentra, no quería traerles más penas de la que ya tiene, mañana lunes va al médico y entonces sabremos qué tan grave puede ser. No podía creer lo que este padre me decía, yo imaginé cuando lo vi que algo malo me traía, pero nunca pensé que fuera algo tan serio. Luego por insistencia mía, fue soltando poco a poco lo que vino a decirme y no se atrevía. Le entiendo que duro puede ser para él, saber que su única hija está en problema, y quien sabe cuánto. Lo escuché con los ojos llorosos y el alma destrozada por esta triste noticia que no esperaba. Me gustaría estar con ella para atenderla -le dije-, pero me faltan tantos años para salir de aquí que no creo que vaya a ser posible, dígale que la amo con toda mi alma, que no se deje, que sea fuerte, que aun distante yo estaré con ella siempre y cuando puedas que venga a visitarme, que la espero por siempre. Llegó el momento de la despedida, nos dimos un fuerte abrazo y aunque no lo había tratado tan de cerca, me pareció muy sincero, noble como su hija.

Ahora sé de dónde viene el buen sentimiento de Karina, su nobleza no tiene análogo en este mundo de tanta miseria espiritual, ella es como una luz en la oscuridad que puede alumbrar un universo entero, a mí me viene alumbrando desde que la conocí, e incluso con mi desproporcionada sombra ha sido un haz de luz en medio de mis tinieblas. Por ella todavía estoy vivo y por ella prescindiré de los pensamientos malos, por amor y respeto a esa mujer.

De nuevo en la sombra de las paredes, una noche triste y larga me espera, el amor de mi vida está enferma y no sé si podrá sobrevivir a esta enfermedad tan terrible, yo estoy como de muerte. No sé qué pasará si me falta ella. La tristeza me embarga, no podré dormir. En esta lenta noche, donde la pena me mata por su ausencia y ahora esto que no esperaba que sucediera, son cosas que nadie piensa hasta que toca vivirla.

Ya cuando llegue el día de mañana me comunicaré con ella, quiero oír su voz y que me cuente todo con detalle, que no escatime en nada, que todo lo que me queda es para ella, que vaya a los mejores médicos para su cura, aún después no tenga con qué comer cuando salga de aquí.

Mi amigo Braulio supo hacer bien las cosas, antes de morir alquiló una caja bancaria, donde guardó la mayor parte del dinero que me tenía, me pidió permiso para ver si yo le daba algo para las niñas y dejárselo a un familiar de mucha confianza para el sustento de ellas, pues sabía que iba a morir pronto, ya su médico le había aconsejado que tenía que estar preparado. Yo le aconsejé que hablara con Karina a ver si ella le hacía el favor de administrar el dinero para las niñas, aunque renuente a usarlo sé que lo hará por ellas, para que no queden desamparadas. El resto que los usé para su enfermedad, total yo me lo gané y estoy pagando por esto y todo el trabajo que me costó ganarlo. Yo estoy consciente que no es algo bueno lo que hice, pero, aunque no es de copiar, muchos no venden drogas, pero se roban el dinero del pueblo con engaños y eso es peor, pues matan a los niños de hambre y penuria, en honor a los derechos humanos y la democracia de los hipócritas, a quienes nunca les ha importado de verdad la gente, pues son demagogos sin corazón.

Lunes por la mañana, después de cumplir con la rutina asignada, espero impaciente una llamada de ella, ya que estará buscando el resultado del estudio que le hizo el médico y ver hasta donde ha caminado la enfermedad, espero que sea el comienzo para una pronta recuperación. Pasaban las horas lentamente y no recibía esa tan esperada llamada, estaba ansioso, comiéndome las uñas, hasta que por fin me llaman. Voy de prisa al teléfono, es su padre quien está al otro lado del mismo, aunque no tengo esa confianza con él, se me escapó decirle, que pasa suegro, me contó que su médico, que trabaja en el mismo hospital que ella la internó de inmediato después de revisar los análisis que le hicieron, está más mal de lo que se esperaba, la enfermedad había creado metástasis y lo más recomendable era dejarla internada para continuar con los exámenes para una rápida intervención, te mandó a decir que en cuanto pueda te llama. Bien, le dije, dígale que la amo, que lo haga en cuanto le sea posible.

Pasaron las horas y los días sin comunicación, me sentía muy mal, llamaba y llamaba sin poder comunicarme con nadie, la casa estaba sola y en casa de los suegros no contestaban el teléfono. Esto me dio una enorme angustia al punto que tuve que ir tres veces a la enfermería en busca de pastillas para el dolor de cabeza que no cesaba en su tormento. Todos aquí en el penal estaban pendientes de mí y hasta dejaban de usar el teléfono por si me llamaban no perder la oportunidad. Trataban de consolarme, sabían cuánto yo la amaba y si algo sucediera tal vez yo me moriría de tristeza. Hasta los guardias tenían compasión de mí, me trataban mejor y hasta me preguntaban si ya sabía algo de ella, pero fue al cuarto día que el suegro se comunicó conmigo, estaba llorando, apenas podía entender lo que me decía, yo le animaba a calmarse y me contara que pasó que yo no le entendía nada, entonces y como pudo me explicó lo del deceso de Karina, no soportó el quirófano y falleció de un paro cardíaco. Escuchaba sus palabras muy lejos parece que yo también me iba y entonces caí al suelo desmayado, cuando desperté estaba en una sala de hospital con tubos por doquiera y deseos de no despertar más, porque no concebía mi vida sin la mujer que amo, lo último que me queda en la vida, ya a todos los perdí de una forma u otra y es muy duro quedarte solo, sin alguien con quien compartir, aún de lejos como lo veníamos haciendo ella y yo, y al saber que se ha marchado no me queda nada por quién vivir. Miro a mi alrededor, veo un carcelero que me custodia y unas esposas amarrándome el brazo de la cama, por si acaso quiero escapar, pero no hay fuerza me digo, más bien quisiera dormir el sueño eterno para no tener que dar frente a este dilema que me queda por el resto de mi existencia, vivir triste y con remordimientos por lo que pudo ser y no fue.

Dos días más tarde me llevaron de vuelta a mi celda, no sabía en qué andaban los preparativos que había que hacer para llevarla a su descanso, hablé con la dirección de la prisión por un permiso para asistir al entierro, me fue negado, no tuve más que conformarme y esperar por alguna información de parte de la familia y ver cómo iba todo al respecto.

Pasó el tiempo, todo se había consumado, el recuerdo era lo único que me quedaba, su padre me llamaba de vez en cuando y un día su madre vino a visitarme, fue la última visita que recibí en prisión por petición de Karina que antes de morir le pidió ese gran favor a su madre, de contarme todo lo que pasó, decirme del gran amor que ella sentía por mí y que se fue sin rencor alguno, que hubiese querido despedirse de mí, pero todo fue tan rápido que no fue posible. Que estuviera tranquilo que ella, su madre, ocuparía su lugar con respecto al cuido de las niñas, y que el día que yo también me fuera, estaría esperándome para continuar con ese amor tan grande como había sido el nuestro, que se fue amándome con todas sus fuerzas y ese amor se lo llevó con ella hasta la eternidad.

Varios años después recibí una carta de Alondra, la hija mayor de mi amigo Braulio, dándome las gracias por todo lo que había hecho por ellas, me contó la vida de cada una de sus hermanas, que me recuerdan siempre y cuando se reúnen y hablan de su padre, no pueden dejar de mencionarme puesto que fui parte importante de la vida de ellas.

Atado al recuerdo continuó la vida, los años fueron calando en el dolor, había cumplido tres cuartos de mi condena, ya no me importaba morir aquí, me había acostumbrado a este lugar y aunque me viera en libertad, nadie me iba a esperar, prefería que ese día nunca llegara, estaba en el ocaso de mi vida y se hacía tarde para empezar de nuevo. Seguro que todo había cambiado en el entorno que me manejaba, muchos de los conocidos ya debían estar muertos y otros se habrían marchado del lugar, los demás, que son las nuevas generaciones ni me conocen, no pueden recordarse de mí. Una de mis grandes ilusiones era, de cuando saliera, ser esperado por mi amor y agarrado de la mano darnos una nueva oportunidad de ser felices. Así que si alcanzara ese día no me arrimaré al barrio, ni molestaré a nadie, seguiré mi camino, errante, sin sombra que me cobije de la inclemencia del tiempo.

Hoy es un día, que recuerdo mi amor como el primero que nos amamos, donde le profesé tantas veces mi cariño, y ella a mí, los dos desnudos haciéndonos el amor; pero está tan lejos, y yo con tantas ganas de repetir aquel sublime momento de nuestras vidas, expuesto aquí a la húmeda de la noche que se alarga con su desdén profundo y efímero, esperando el final del cuento, porque eso es la vida, un cuento con finales distintos. Ahí está la magia del todo, no hay nada escrito de lo que será, porque somos como nubes dispersas que se dirigen a diferentes puntos y luego, como ellas, nos convertimos en lluvia que derramamos por nuestros ojos cargados de pesar.

No hay nada tan triste como estar solo, todo se va perdiendo con los años, y va quedando el vacío de lo que ya no están, como sombras que la mente va archivando, para reproducirse a cada instante, un regalo de la vida para el que queda sin el abrigo de los seres que más se han amado y poder recordar.

Pasado el tiempo llega la resignación, pero para mí parece que fue ayer cuando perdí mi esposa, mi amada eterna, no puedo dejar de pensarla ni un instante, aún hayan pasado varios años desde entonces, la sigo amando y recordándola como el primer día, siempre creo que está conmigo, no puedo apartarla de mi mente.

Después de lo ocurrido, las ansias de albedrío se han esfumado en mí, y ha sido este, el encierro, mi refugio a la adversidad a la tristeza como coraza al dolor. Creo que si cambio de lugar enloquecería pensando que aquí forjé parte de mis ilusiones con ella y dejarlo se me quedarían atrás todos los recuerdos de los dos en el mal momento vivido dentro de una prisión. Sé que son trabas mentales, que tiene que ver más con lo anímico que con la realidad. Porque muy dentro, muy en el fondo del corazón vive la esperanza, que después de todo sólo hay que despertar con algún pensamiento positivo, alguna ilusión que encienda la chispa de la vida que tenemos cada cual, ese muro de contención que separa lo positivo de lo negativo, pero que al final son estos los que juntos encienden ese haz de luz que te habrá de alumbrar.

Estoy cumpliendo mi último año en prisión, me parece un siglo de estar paseándome por diferentes cárceles, más en ésta, he estado el mayor tiempo de mi condena y aunque me falta poco por salir, antes que alegrarme siento nostalgia de algunos compañeros que me han tratado como hermano, los cuales por razones obvias ya no los volveré a ver más. Puesto que después que pasas tanto tiempo recluido, no quieres regresar ni de visita. A algunos de ellos le faltan muchos años por salir y a mi poco por vivir, lo cual nos dicta las pocas posibilidades de encontrarnos algún día, y cuando lo comentamos, nos da tristeza, y a la vez alegría, pues el que cumple su condena se merece salir en libertad y como se acerca el momento empiezo a despedirme de cada uno de ellos, todos me desean buena suerte en mi nueva vida y a la vez se preocupan por mis años y el no saber cuál será mi destino de hoy en adelante.

Ya han pasado más de diez años de la muerte de mi esposa, parece que fue ayer aquel momento tan difícil de mi vida, me gustaría que estuviera esperándome afuera, como había soñado.

Después de este largo encierro: por fin llegó el momento deseado, aquí frente a la prisión sin saber a dónde dirigir mis pasos, llevo conmigo una mochila vieja que me regaló mi compañero de celda para colocar todas mis pertenencias, algunos libros, mi cuaderno de apuntes, mis cartas y poesías las cuales hace años perdieron su magia después de morir la musa. Llevo algunas monedas que me dieron otros amigos para que pueda comer los primeros días y tomar el transporte que me llevará al lugar elegido. También cargo conmigo el peso de los años, que no perdonan y un corazón muy herido en busca de una nueva aventura.

Nadie me está esperando al salir de la prisión, es un día hermoso lleno de sol y a la vez triste, falto de confianza. Voy dirigiéndome hacia la salida que va al pueblo. Hay muchos reunidos allí esperando sus familiares, voy nervioso y no sé cómo manejar esta libertad, la cual hace mucho no estoy acostumbrado. No sé dónde ir ni a qué lugar dirigirme, porque en ninguna parte me esperan. Ya veré cuando llegue a la terminal de autobuses, que sale hacia diferentes ciudades. Pero yo elegiré el lugar de donde vine, tal vez allí encuentre acomodo en alguna parte donde pueda subsistir lo que me queda por vivir. Así fue, compré mi boleto, entre al autobús y me senté de lado a la ventanilla para ir disfrutando del camino, viendo el paisaje gris del otoño agonizante, mirando a través del cristal los árboles marchitados casi sin vida, las hojas abatidas por el viento, que las arrastra hacia los acantilados que se observan en el trayecto. Pequeños pueblos que apenas se ve en ellos algunas almas deambulando por la orilla del sendero, lleno de brumas que escasamente se alcanza a ver. También pienso las veces que mi amor tomó este mismo camino para visitarme por años, sin renunciar al amor profesado, quizá ya enferma en la última visita que me hizo. Pensando en todo eso, me parece verla de regreso al pueblo, sin saber si era éste el último recorrido que hacía para verme.

Hoy me toca a mí hacer el viaje sin retorno, igual al último que hizo ella, pero esta vez a sabiendas que no hay vuelta atrás, porque todo quedó allí para siempre. Cuando llegue a mi destino me dirigiré derechito a su tumba donde fue sepultada de acuerdo con la información que me dio su madre cuando me visitó. Aquí tengo anotada la dirección.

Llegaré en la noche como llegan las almas atormentadas en busca de calor, calor que fue condicionado por la circunstancia de la vida y el tiempo que hoy trataré de recuperar abrazado a la tumba de mi amada, hablándole de sus recuerdos, diciéndole lo mucho que la he amado, que el tiempo no ha pasado en lo absoluto y que su amor en mi sigue vivo como llama eterna. ¿Qué la muerte no podrá separarnos? ni quitar los días felices que hubo entre los dos.

Arrodillado al pie de su morada pasé la noche, el alba me sorprendió casi dormido, una voz que me llamaba para decirme que había que salir del cementerio, que todavía no era hora de visita. Me miró con rostro de compasión al ver mi fachada y el dolor reflejado en mí, me dijo con gran amabilidad: vaya usted a su casa señor a descansar, se le ve agotado. Tomé mi camino sin saber a dónde ir, había llovido y la única ropa que tenía la llevaba puesta, por suerte cargaba en mi equipaje un abrigo un tanto viejo, pero que me sirvió para mitigar el frío. Ya afuera del cementerio fui vagando por las calles buscando un lugar donde encontrar acomodo, no quiero alejarme mucho del entorno, me dije, para estar cerca de ella. La había encontrado y no podía abandonarla de nuevo. No muy lejos de allí encontré un parque un tanto desatendido, algunas bancas viejas rodeadas de mala hierba por el descuido, la brisa un poco fuerte por la entrada del otoño y ni un alma se veía por allí. Caminé hacia el fondo tratando de alejarme lo más que pudiera de la calle, para no ser divisado por los transeúntes que caminan por aquel lugar. Estaba exhausto por la velada, pues no había dormido en toda la noche, así que caminé hasta el último banco de la alberga e hice de este mi hogar. Había que implementar algunas cosas más, pensando en los días venideros de lluvia y frío que se acercaban. Cogí mi mochila y la escondí en un lugar donde estuviera segura, fui caminando hasta un centro comercial que estaba a una distancia prudente de aquí, con lo poco que me quedaba compré algunas cosas, como una corcha, una sombrilla grande, traje conmigo un carrito de lo que usan la gente en los súper mercados para hacer compras, éste lo encontré tirado cerca del centro comercial. Compré un galón de agua y algo de comer, pues no había probado bocado desde ayer. Llegué de nuevo al lugar que había elegido para que fuera mi casa, preparé todo, comí algo y me acosté a descansar un poco.

Después del descanso llegó la noche, pensé que lo mejor que podía yo hacer era ir a visitar mi amada y pasar la noche con ella como lo hice ayer, para ello tengo que dejar todas mis pertenencias aquí arriesgándome a perderla, pero no tengo otra opción, me siento muy solo y su cercanía me sirve de aliento para no estar tan triste y así, nos hacemos compañía, para mitigar nuestra infinita soledad.

Fue una noche inolvidable al igual que la primera, teníamos mucho que contarnos y todo el tiempo se hacía corto para tantas cosas que queríamos decirnos, eran muchos años de ausencia sin vernos y hoy que estoy libre quiero estar siempre a su lado aún sea de esta inusual manera. Sintiendo el frío de la noche abrazándome, disfrutando de su lejana presencia, pero que siento muy cerca de mí y puedo verla desde el lugar de su tumba en cada estrella que titila en el cielo, yo sé que está allá y puedo sentirla, -porque ella es mi estrella.

Pasó la noche, me despedí de ella muy de mañana, antes que me vinieran a echar. Camino al parque fui pensando cómo sería mi vida de hoy en adelante, entre matorrales y bancos de madera que me sirven de hogar, bajo la intemperie de la noche, usando el cielo como techo, creo que al lado de la tumba de mi amada es donde realmente me gustaría estar. Pero no sé por cuanto tiempo estaría allí sin que me descubran y entonces ya no pueda verla más.

Así pasaron varios días, de noche iba con ella y luego me regresaba a dormir un rato. Era lo único que hacía, mientras pasaba el tiempo. La lluvia y los vientos se hacían más fuerte cada vez, el frío se incrementaba y por tanto la situación se tornaba más difícil para mí. Para sobrevivir tendría que buscar un lugar más seguro y caliente para no enfermar. Sabía que esto era lo que tenía que hacer, pero me negaba a abandonar su tumba y me faltaba dinero para poder alquilar un lugarcito donde vivir, muy entristecido por la situación, pues nunca había estado tan vulnerable como hoy.

Ya en el lugar donde me acomodaba para descansar un poco, sentí unos pasos que se acercaban, era un hombre con una edad comprendida a la mía, con aspecto de desamparado, me da los buenos días y me dice si puedes sentarse en el banco donde estoy, no sin antes extenderme su mano y presentarse: soy Milesio me dice con voz pausada y tono bajo, típico de gente educada, por lo que me doy cuenta, que no corro peligro con este visitante, de igual le replico. Empezamos a conversar y lo primero que me dice es del peligro que corro aquí, me explica que en este sector hay algunas pandillas juveniles que rondan el entorno y que son crueles, si te ven aquí dormido pueden matarte por gusto, únicamente para reírse y a veces disfrutan torturando a sus víctimas. Por lo tanto, te hago una invitación a que me acompañe a venir conmigo donde pernoctan varios como nosotros, allí estarás a salvo, no sólo de las pandillas sino también del frío y la lluvia para que no enferme. Seguimos conversando tanto de él, de su vida cómo también de la mía, le conté por todo lo que había pasado durante estos veinte años, me sentí muy bien con este recién conocido amigo, al punto que usé la confianza para desahogarme de todo lo que llevo dentro, le detallé mi vida en breve tiempo acabándolo de conocer. Me dijo, es triste tu vida de acuerdo con lo que me has contado, pero sé que eres fuerte y lo superarás. Me preguntó si había comido algo, casi nada, le dije, a secas un pedazo de pan que me quedó de ayer. Me dijo, vamos que te invito a comer el mejor hot dog de la ciudad, y tráete tus pertenencias para que escampe junto a nosotros, allí vivimos unos diez, todas buenas personas, nos turnamos para salir a trabajar, la mitad se quedan para cuidar las pertenencias que son valiosas para no pasar frío. Algunos están medio enfermos y la edad no les deja hacer mucho, pero ahí vamos, nos ayudamos uno al otro. Espero te sienta a gusto estando en el grupo y sé que poco a poco irás descifrando tu dilema hasta sentirte más desahogado del dolor que te atormenta.

Lo pensé un poco antes de partir con este amigo, pero me convenció con lógicas razonables, aunque me sentía triste por alejarme de ella. Me dijo, podrás visitarla, yo sé que ella si te está viendo pensará lo mismo que yo, que es por el bien tuyo. Así fuimos caminando hasta donde estaba el puesto de comida, Milesio pidió para los dos y un refresco para cada uno, ahí nos acomodamos como pudimos a disfrutar este buen manjar, que hacía años no disfrutaba en libertad.

Ya satisfecho seguimos caminando, platicando se nos hizo corto el pasaje, estando en el lugar destinado, me presentó algunos que estaban allí descansando, me recibieron con alegría dándome la bienvenida con entusiasmo, se pusieron a mis órdenes y que contara con ellos en lo que tuviera a su alcance. Rápido me asignaron un lugar para que pusiera mis pertenencias, se lo agradecí mucho por el recibimiento que me dieron. Milesio me dijo que tenía algo que hacer, que yo descansara puesto que no había dormido anoche, que regresaría al atardecer. Nos despedimos y yo seguí platicando un rato con los demás hasta que me atacó el sueño y me quedé dormido. Ya en la tarde regresaron los demás y también mi amigo, trajeron varias cosas de comer, así que nos reunimos todos como una gran familia a disfrutar la cena, fue un día dichoso para mí, sólo un poco acongojado pensando que esta noche no la podré visitar como he estado haciendo, debido a que debo prepararme mejor para visitarla y dormir con ella. Los compañeros me han regalado algunas ropas, entre ellas un buen abrigo que le iré a lucir a mi amada. Pasaron varios días sin visitarla, el frío arreciaba cada vez más, sentía la inmensa necesidad de ir con ella, pero los días a la intemperie me quebrantaron un poco y no quería afectarme, como hay aquí algunos compañeros de infortunio, pero he estado tomando algunas infusiones que las hacen los amigos.

Los días iban pasando, se acercaban las navidades, el otoño había transcurrido de prisa, ya era época de invierno y el frío estaba en pleno apogeo, la estación del recuerdo y la nostalgia se avecinaba, el hombre tiene muchos tiempos —me dije— y hay que vivir cada uno irremediablemente, quiéralo tú o no, como dijo el predicador, tiempo de reír y tiempo de llorar, y no hay nada nuevo debajo del sol, generación viene, generación va y la tierra permanece siempre en el mismo lugar: palabras del predicador.

Días de libertad habían transcurridos, yo seguía mi rutina de sobrevivir cada instante, por las noches cuando podía visitaba mi esposa, conversábamos sin prisa, yo le pedía a Dios que me liberara de este tormento y me llevara junto a ella, ya había pagado mi condena y no tenía que seguir en esta agonía de vivir en la sombra sin poder encontrar luz. Pero resignado a mi destino, percibía días nuevos llenos de esperanza y sin agónico sentir, porque fue creciendo en mí un halo de paz que no había experimentado nunca, algo como llegado del cielo y mis sueños se tornaron hermosos. Este sentir me estaba compensando algo de lo perdido ya que una tranquilidad se apoderó de mi ser, sabía que era ella que había intercedido para ayudarme con esta carga que llevo en mis hombros, pero que hoy se hace más liviana que en un principio y llego a entender que las cosas no son como uno quiere, sino que está escrito en el libro de la vida el rol que le toca vivir a cada habitante de este hermoso planeta tierra, del que todos alguna vez renegamos, pero del que no nos queremos marchar. Aquí nos ata un montón de cosas que parece difícil dejar atrás, "aún aquel que no tiene nada quiere permanecer".

Pasaban los días y las noches yo iba atesorando en mi ser lo bello que todavía apreciaba de la vida, el silencio fue mi oración donde enjuagué mis lágrimas, el desmesurado e infinito cielo me llevó por mundos nuevos y desconocidos, estaba viviendo una nueva etapa, lo cual y a pesar de las vicisitudes que estaba pasando me sentía bien, era algo distinto a lo que había vivido antes. Estoy allende la vida, en la calle marginal, en la periferia, donde el tránsito poco enfila por allí, prefieren andar por veredas principales, tratando que el polvo no ensucie su andar, pero yo he encontrado una nueva familia, llena de valores realmente humano, incluso viviendo de forma primitiva, como les conté en el principio. A merced de todo tipo de inclemencia, en un mundo muy deshumanizado: ¡pero no por completo!

Cuando visito a Karina le hablo de todo esto, le cuento el día a día de las cosas que hago para poder vivir, recogiendo botellas como conté al principio, al igual lo hacen mis amigos de pensión. Mayormente lo hacemos en pareja para protegernos un poco de los ladrones, si, así como oye, ladrones, ¿y usted diría quien o que se le puedes robar a un desamparado?, pues otros que andan haciendo lo mismo que yo, en todas las sociedades siempre existen las malas calañas, sin importar el nivel de la colectividad que te encuentres.

El tiempo ha pasado, ya llevo algún periodo cumpliendo la misión que me encomendó la vida, estoy acostumbrado a la rutina y aún no se gane mucho dinero recogiendo botellas uno vive, muchos de los que conocí cuando llegué con mi amigo milesio han muertos, otros han desaparecido, o bien sea que se han esfumado en el tiempo y mueren como muere una rata al lado de cualquier alcantarillado sin que nadie le eche de menos. A veces, los hemos buscado en los hospitales y en la morgue sin encontrar rastro. Otros han llegado a ocupar los lugares de los que se han marchado. Así va aconteciendo la vida en esta lucha que hay que librar cada día para estar vivo.

Cuando toma la calle por la razón que sea disminuye el tiempo de vivir y por las condiciones del camino te va apagando, la falta de alimentos y cuidado de salud y el frío que te va calando en los huesos, te acorta la vida y después de un tiempo es difícil volver a tu vida de antes.

Por todas esas gnosis me estoy preparando para cuando me toque partir a la tierra del olvido, no habrá llantos ni flores, ni quién te empuje en el camino, únicamente tu sombra te acompañará hasta verte desvanecer, entonces ahí sabremos cuán de cierto es llegar a la gloria o el infierno como predican algunos personajes aquí. Yo me iré con la noche como ave viajera a surcar mi destino y antes que amanezca ya estaré lejos, dejando con tristeza o alegría lo vivido en mi estadía, otro ocupará mi lugar, porque así es la vida, unos se marchan y otros llegan en sustitución tuya.

Espero que quien me sustituya no pase lo mismo que yo y pueda llevar una vida plena y que el saquito de piedras con el cual nacemos no esté demasiado lleno y no haga excesivo peso, para que pueda disfrutar en plenitud su estadía aquí en la tierra, gozando de los años que ha de estar, yo en cambio perdí parte de mis días encerrado en un calabozo, en vez de gozar la única vida que tiene para estar. No hay que tener mucho para ser feliz, pero es algo que se aprende quizás un poco tarde como me ha pasado a mí, que cambié mi felicidad por el dinero mal habido, pero ya aprendí mi lección que hoy me sirve de poco.

Estoy un poco preocupado, ya que el lugar que ocupamos al lado de un taller de mecánica nos lo quieren quitar, cambió de dueño y la nueva administración dice que pagamos muy poco por escampar allí y que prefieren utilizarlo para el uso del propio negocio. Fue Milesio quien negoció el espacio hace varios años y el nuevo dueño no lo quiere reconocer, dice que es ilícito usar ese espacio como vivienda, yo lo entiendo así, pero ahí no hay nada de uso doméstico y además es un espacio abierto, por supuesto techado para que la lluvia no nos moje y guarecernos un poco del frío. Milesio que es el que sabe cómo negoció el sitio, no está para hacer frente a la situación, hace algún tiempo se fue a otro estado a visitar un hermano que estaba enfermo y todavía no ha llegado para que desenrede el lío. Entre nosotros hay algunos enfermos, que, si hay que coger la calle no lo aguantarán, ya les quedan muy pocas fuerzas para andar un día entero en el camino, aquí por lo menos, dan una vuelta y luego regresan a descansar. Tengo temor que nos echen con la tabla en la cabeza y no encontremos dónde estar.

Por mí no me preocupo tanto, pues la mayor parte del tiempo la paso con Karina y si no, me quedo a dormir en el parque, uno que no está tan lejos de aquí, bastante más seguro que aquel donde estaba cuando llegué, si no viene mi amigo en un par de días yo mismo hablaré con el dueño para ver qué puedo arreglar. De lo contrario hay que empezar a buscar otro sitio, cosa que lo veo bastante difícil de resolver, pues poca gente se anima a rentar un espacio a unos desamparados para que habiten allí, pues ahora es distinto de cuando Milesio hizo negocio con el antiguo dueño, tenemos mala fama por culpa de algunos que se han portado mal y hoy pagamos todos. Los que aquí estamos, son gente buena, sólo que tuvieron que abandonar sus viviendas por falta de pago y pararon en la calle recogiendo botellas que apenas alcanza para comer y mantener el vicio del alcohol que es esencial para no morir de frío, en especial en el invierno, pero de lo contrario no hacemos daño a nadie, otros que andan por ahí estuvieron alistados en el ejército, y regresaron con muchos problemas de salud mental, —no locos por completo—, pero si con trastornos delirantes por las atrocidades que vieron y no las han podido borrar de la mente y se vuelven incompatibles con los demás, esto son los que más cometen errores, porque ya no son apto ni para vivir con la familia y el Gobierno que es el que debe brindarles ayuda, no les importa y los dejan a su suerte deambulando por las calles, ya cumplieron su rol de proteger a las corporaciones y hacerlos más ricos de lo que ya están, le sacaron el jugo y no les sirven para nada más. Esta es la ironía de la vida, cuando te quieren reclutar te ofrecen villas y castillas, pero cuando regresas desquiciado de donde te mandaron a matar o morir ya le vale menos que la basura. Yo estuve luchando en Vietnam y cuando Salí no pude conseguir un trabajo digno y para sobrevivir me tocó vender drogas. Digo esto no para excusarme sino referencia a aquellos que deliran en convertirse en un soldado corporativo, o no, "digo de la patria". Para luego morir miserablemente con un cartón acuesta cubriéndote las espaldas en medio de la nada. Debemos dejar que sean los hijos de los ricos que empuñen el fusil para que defiendan sus propios intereses y no los hijos de Juana la que vende maíz asado para cubrir las compras de lápices y cuadernos, para que el muchacho pueda terminar la primaria y luego ver si puede empujarlo hacia la secundaria que sería un triunfo en la familia en el cual la mayoría son analfabetas.

Después de varios días, no tuvimos más remedio que despedirnos del lugar que ocupábamos, nos querían desalojar con violencia, yo hablé con el dueño para ver si nos daba algunos días más, pero éste fue tajante y me dijo que si no nos marchábamos en la mañana siguiente hablaría con la policía para que nos desalojaran inmediatamente, esa noche nos despedimos con lágrimas en los ojos, había que marchar muy de temprano sin rumbo fijo, cada quien empacó sus pertenencias para llevar consigo, a mí me tocó recoger lo de mi amigo Milesio por si regresa y tengamos la oportunidad de encontrarnos en algún lugar, esta ciudad es bastante grande, por lo cual se dificulta encontrarse con alguien que buscas. Entonces se rompió la taza, y cada quien, para su casa, como dice el viejo adagio que aprendimos desde niños.

Era época de verano, no teníamos la dificultad del frío, pero los días corren de prisa y hay que empezar a buscar albergue antes que lleguen las lluvias y el viento que arrecia con fuerza cuando más débil tú estás, me preocupan los más viejos y quebrantados que salieron en busca de refugio hoy de temprano, no sé si los volveré a ver algún día, de ellos tengo buenos recuerdos, de cuando más los necesité me ayudaron, hoy se alejaron sin despedirse, acongojados, pues habíamos hecho una buena amistad al punto de llamarnos hermanos, el viejo Emilio lo tengo colgado del corazón, camina arrastrando los pies para no caerse, no sé si llegará a vivir después del verano, lo veo muy enfermo. Yo moriré antes, pero creo que las mayorías de ellos, mis amigos, se marcharán de la faz de la tierra cuando lleguen las primeras ráfagas de brisa fuerte. Este fue un amparo que tuvieron por muchos años y el antiguo dueño era buena persona y tal vez pensó que a quien le vendió el sitio nos trataría igual que él, ya estaba viejo y quería retirarse a descansar, si no me equivoco había comprado una casa en otro estado para irse a vivir con más tranquilidad. Hoy estamos todos en la calle, dispersos por distintos lugares, cuando venga Milesio si es que regresa se topará con esta gran sorpresa de que ya no estamos y tratará de encontrarnos, posiblemente sin éxito alguno. Milesio es una gran persona, fungía de representante del grupo, muy activo y colaborador. Siento mucho que quizá no lo vuelva a ver. Gracias a él hoy todavía estoy vivo y orientado, no como estaba el día que me dio de comer y me libró del frío desolador que me encontraba. Pero todo sigue, la vida no se detiene, corre de prisa, también tú lo haces junto al tiempo, buscando algo que no sabe qué es, pero que los humanos vagamos en nuestro delirio entre sombra y luz, amando la vida entre todas las cosas, siendo esta la más valiosa.

Han pasado varios días desde que dejamos el refugio, no me he topado con ninguno de ellos por ahí, aunque he estado pendiente de verlos, no ha sido posible, espero estén bien. Yo aquí sentado en mi nuevo hogar viendo la luz de la luna contemplando el más allá bajo la claridad de esta noche, disfrutando algunos tragos de ron y escribiendo un verso dedicado a mi amada como hacía mucho no lo hacía, porque la inspiración se fue con ella, tal vez ha vuelto y hoy tengo un nuevo motivo para inspirar con esta luna plateada, que pareciera venir de mundos desconocidos trayendo en mí el olor de su piel que no olvido aún con tantos años transcurridos, su recuerdo ha sido en mí la pena y la gloria, porque en ambos caso me hace sufrir, pensar en olvidarla se me atraganta un nudo en mi garganta, seguirla amando es renunciar a mí, es el gran dilema que hoy vivo, pasar las noches al pie de aquella tumba, o seguir mi camino, pero el amor es tan fuerte que reniego a renunciar a sabiendas que no tengo una vida propia y que cuando cae la tarde sólo pienso en ir con ella a contarle mis penas, a decirle cuanto la amo, que ha pasado el tiempo, que ya estoy viejo, no como cuando ella me dejó para irse tan lejos de mí, que cómo pudo hacer eso si yo la amaba y que aún el tiempo ni la distancia han podido borrarla de mi ser.

Mi próxima visita que le haga, probablemente sea mañana, iré a leerle lo que escribí para ella en esta noche, le pediré permiso para alejarme por algún tiempo de la ciudad, me marcharé a visitar un amigo que hice un par de años atrás, tengo su dirección y él me mandó una invitación a pasar un tiempo con él, eso fue antes de salir de donde escampaba, creo que esta sea una gran oportunidad para encontrarme conmigo y ver qué más puedo hacer, que recoger botellas por tantos años. He vuelto a quedar solo y mis amigos de pensión se han ido y veo poco probable que nos reunamos de nuevo, salvo algún encuentro por casualidad que tengamos algún día.

Partiré después de visitarla mañana por la noche y luego tomaré el transporte que me llevará a mi próximo destino, allí estaré algunos meses, quizás algunos años y regresaré cuando mi cuerpo ya cansado no dé más para entonces reunirme con mi amada para siempre.

La echaré de menos y ella a mí, los dos sufriremos la ausencia a la cual hemos estado acostumbrados. Ha sido nuestro destino, la separación como castigo divino a mi mal comportamiento y que ella sin culpa también le ha tocado. Lloraré su ausencia cuando me encuentre lejos, aunque ella se marchó sin compadecerse de mi cuando más la necesitaba, dejándome en la más grande desdicha espiritual, pero estoy seguro de que para ella fue más penoso dejarme en la condición que me encontraba, que ella misma partir.

Bueno, llegó la hora de la verdad, pasaré la noche con ella, le declamaré la poesía que le escribí, y en ella le diré cuanto la amo, que si me alejo no es por falta de amor, sino porque la vida sigue, y es de nosotros seguir su simetría, no hay que parar, porque de lo contrario pierde el tren de la vida que lleva a diferentes puertos, hoy me toca a mí seguir el camino que me guie por senderos que me han de cobijar para que no pierda el horizonte, pero regresaré cuando el águila haya abandonado su nido y los polluelos les toque volar en pos de surcar los cielos, entonces yo estaré preparado para reunirme con el amor de mi vida por toda una eternidad.

Hola, esta noche te ves más hermosa que nunca, cuánto daría por tenerte entre mis brazos y besarte con locura, con esa pasión que nos condujo al éxtasis en cada momento que nos amamos, y hoy será igual que en otras épocas, no importa la distancia, lo que importa es el amor, será nuestra despedida por algún tiempo hasta que lleguen las lluvias, entonces será primavera, renacerá la vida, las flores traerán nuevos colores, los árboles reverdecerán y con el viento suave yo regresaré para partir rumbo a ti mi amor y serás para mí, la más importante conquista.

Bueno, después de tanto amarnos en esta noche especial de despedida y contarnos tantas cosas, es casi mañana, la aurora empieza a clarear, con ella llega el día y nosotros con ganas de seguir abrazados sin querer soltarnos, entendiendo que la ausencia puede ser larga, adiós, amor adiós.

Partí con una profunda tristeza, no tenía ni idea de cuando regresaría, será una nueva aventura en mi camino, pero su recuerdo estará siempre conmigo, no podré acostumbrarme tan fácil y prescindir de estar sin visitarla como lo hago cada noche, pero la vida sigue y hay que marcar el sendero para no perder el rumbo y regresar de nuevo sin confundir el trillo.

Ya en la estación de transporte compro mi boleto rumbo a visitar mi amigo Camilo, me contó que tiene un puesto en un mercado ubicado en la periferia de la ciudad y me dijo que necesitaba alguien de confianza para trabajar en el puesto, yo espero que todavía esté bacante la chamba.

Después de varias horas de camino llegué al lugar propuesto, me desmonté del vehículo un tanto cansado de estar sentado, caminé hacia al puesto de trabajo que está mi amigo. En la misiva que me envió, trazó el mapa para llegar al lugar. Marché mirando el movimiento del pueblo en el cual pienso estar algún tiempo antes de regresar, de esta forma me voy relacionando con sus calles a ver qué bueno hay para mi, es un medio día brillante, el sol está en todo su esplendor, como dándome la bienvenida a la ciudad. Caminé despacio y así disfruté de todo lo que acontecía en mi entorno, observo a muchos que van sin prisa, con pasos lentos, creo que van a almorzar para luego regresar al trabajo. Así se vive en las pequeñas ciudades, sin apresuramiento, parece que el reloj marcha más despacio que en otros lugares, donde hay más movimientos.

De acuerdo con el mapa, ya estoy a escasa dos cuadras del lugar, él me había dicho que su negocio estaba en una pequeña galería donde hay varios puestos. Entonces me animé a preguntar, bastó con decir su nombre para que me señalaran el lugar. Me voy de prisa, al verme me dice, no te esperaba tan pronto, que sorpresa, me alegra que estés aquí.

Un fuerte abrazo y nos vamos a comer algo y así platicaremos de ti. Dime cómo te fue en el viaje y cómo están los otros amigos que conocí contigo, me imagino que todos están bien le dije, le conté lo sucedido, lo cual le dio mucha tristeza saber que todos están en la calle. Así es el mundo, yo igualmente lo estoy. No, de hoy en adelante, me dijo, ya tienes trabajo y un lugar dónde vivir, no te podré pagar mucho pues el negocio es muy pequeño y no deja lo suficiente como para pagar sueldo elevado. No te inquietes, le dije, lo que me ofreces es bueno, te lo agradezco pues pocas personas dan trabajo a alguien como yo. Aquí estará bien me dijo, y después de almorzar nos regresamos a la tienda, nos fuimos caminando, empezó a enseñarme los pormenores de éste en caso de que tenga que viajar en busca de mercancía, debo saber los precios de lo que hay y de esa manera él puede ausentarse sin preocupación.

Pasados varios días, me estoy acostumbrando al trabajo, por las noches solemos hacer parrilladas detrás de la casa, de bajo de un frondoso árbol que está allí, platicamos por largas horas tanto de él como de mí, pues tenemos una historia parecida, por el cual me vio en su espejo cuando anduvo buscando trabajo. Por eso me ofreció ayudarme porque estaba consiente que pasaría el resto de mis días recogiendo botellas, ya que nadie se interesa por un ex-presidiario y menos con mi edad. En el local he hecho algunas amistades con los empleados de los negocios que están más cerca, parecen buenas personas y hasta me invitan a comer de vez en cuando, pues la mayoría de ellos trae su propia comida de la casa para que le sea más barata, pero como a mí me pagan la comida, casi siempre les digo que no, que gracias.

A veces pienso que soy un privilegiado de la vida, porque he pasado por varias circunstancias amargas y todavía estoy vivo, en algunos momentos he tocado la cima y otras veces he bajado al fondo del abismo más profundo que se puede llegar, recorriendo la gloria y el infierno en un solo anhelar, andando sin prisa y sin pausa, continúa el viaje que habrá de llegar, para luego detener mis andanzas en una noche cualquiera. No sé cuánto tiempo pueda aguantar sin estar con ella, la pienso a cada instante, pero tengo que ser fuerte me digo, todavía tengo mucho terreno que andar, aquí no termina la vida, pues el camino es largo y espinoso, hasta llegar al final. Aquí los días pasan gradualmente sin presentar desafío de ninguna especie, pienso que vivir aquí es muy tranquilo para mí, que estoy acostumbrado a la zozobra, me aburro de tanto sosiego que he encontrado en este lugar. Pienso que mi destino está en la calle, luchando cada día para sobreponerme, pero una cosa es lo que pienso y otra lo que debo hacer, hay veces que tienes que reprimir las ansias para lograr las cosas que realmente te convienen, en este momento lo que más conviene es estar despejado, esperando mi día de desafiar la vida y arrojarme a los brazos de la muerte, que es la verdadera vida.

Hoy estoy acongojado, tengo días que no voy con ella, la distancia y el trabajo me lo impiden por el momento, pero pronto sacaré un permiso para estar junto a ella y contarle los pormenores de mi nuevo trabajo, sé que se pondrá contenta al saber que ya no recojo botellas y que estoy más seguro que en el parque. Le llevaré flores, rosas rojas que tanto le gustan y como siempre, la llenaré de amor la noche entera. Será un nuevo encuentro para sellar nuestro amor como siempre lo hemos hecho.

Pasado el tiempo, sigo aquí trabajando con mi amigo que bien me trata, en mis horas libres camino explorando el pueblo que se extiende a través de un hermoso valle rodeado de colinas verdes cuando es verano, que lo hace muy pintoresco, la gente de aquí son muy amables y les gustan conversar cuando ya te conocen un poco y saben que eres forastero, tratan de hacerte sentir bien, esto hace más fácil integrarse a la comunidad. A veces me invitan a sus casas cuando tienen algún evento de cumpleaños o algo por el estilo, nunca les digo que no, pero el deseo de socializar no está en mí, más bien prefiero la soledad para solamente pensar en ella y eso me hace más feliz que compartiendo con otras personas. Sé que lo hacen de muy buena voluntad para conmigo y le estoy agradecido por tanta amabilidad.

El domingo, que es mi día libre, suelo irme de pesca con mi amigo, él tiene un viejo yate que compró en un mercado a alguien que lo llevó allí para venderlo, pagó muy poco por este viejo almodrote de madera con zinc, el cual ha sido arreglado de apoco, hoy nos sirve para pasear y cuando tiramos la redes, si hay buenas mareas llevamos pescado para la semana y hasta regalamos a los vecinos y me sirve de entretenimiento para disipar las penas. A mi amigo siempre le recuerdo que estoy de paso por este pueblo, que estoy aquí para curarme de las heridas que me ha dejado la vida y en cuanto sane un poco me marcharé quien sabe donde, pues de hoy en adelante viviré errante como vive el viento sin lugar que lo detenga, y encontraré en cada camino mi hogar, a él, le estaré eternamente agradecido por esta gran oportunidad, pero sé que ya es muy tarde para rehacer mi vida con otra persona y los humanos siempre necesitamos del calor de alguien más para sentirnos realizados. Yo en cambio sólo aguardo el momento de llegar junto a ella para fundirnos uno junto al otro para siempre.

Pasaron los meses y los años, yo seguía aquí en el pueblo, trabajando con mi amigo, la amistad entre nosotros cada día se hacía más fuerte, ya éramos como hermanos y cuando hablábamos de que algún día debía partir se notaba triste, yo también, pues hice de su casa la mía y la confianza fue creciendo a medida que pasaba el tiempo. Por dos ocasiones me dio permiso para que fuera visitar a Karina, la última vez pasé una semana yendo cada noche, me sentía extraño después de tanto tiempo sin visitarla, tal vez se sentía acongojada y hasta pensaba que quizá ya no la amaba.

En el día fui varias veces por los parques a ver si encontraba algunos de mis amigos que compartíamos en el garaje, pero fue inútil, no los pude ver, quizás estén muertos ya que han pasado varios años desde el día que la vida nos separó. Creo que si hay de ellos alguno vivo ese sería Milesio que de ellos era el más joven y parecía tener mejor salud, aun así, es difícil volvernos a encontrar.

Espero que cuando vuelva a visitar a Karina será definitiva mi estadía, no sé cuándo llegará el momento, pero el día que sea tal vez ya no haya regreso para volver atrás y me quede con ella para siempre, estoy seguro de que me estará esperando con ansias de verme al igual que yo a ella, y entonces, si existe otra vida como pienso nos uniremos en el más allá y recuperaremos los momentos perdidos que será lo justo para que este gran amor florezca en el espacio y el tiempo. Seremos viajeros incansables y correremos todos los caminos que no pudimos hacer antes, cuando nos conocimos, quizás ahora sea la oportunidad de andar todos esos lugares que un día soñamos y que hoy lo pienso con nostalgia de un ayer.

Sigue el día a día y con todo lo que me brinda la vida me siento solo, creo que casi está llegando el momento de partir, de partir no sé a dónde, en donde la brisa de la primavera me lleve como había imaginado, ya aquí tengo poco que hacer, mi amigo también está viejo y un tanto enfermo, quiere deshacerse del negocio en el cual trabajamos, la inflación se hace fuerte y los precios se han incrementado, los clientes buscan alternativas en las grandes cadenas de negocios que han invadido todos los espacios, con precios que no podemos competir, pero aun así hemos batallado para no cerrar las puertas, porque ya apenas podemos pagar la renta del mismo y mantenerse se hace casi imposible. Estamos tratando de ver quién le interesa para venderlo y ver si se puede hacer algo nuevo, sin que tenga yo que volver al negocio de las botellas, que para eso tendría que regresar a la ciudad de donde vine, con un poco de años más acuesta y sin un techo donde escampar, no creo que sea una buena idea, pues sobrevivir sería un milagro. Más, yo ya no tengo la fuerza ni la destreza que tuve un día, cuando salí de la prisión. Mi amigo por lo menos tiene una compañera con quien conversar y pasar los días que les queda en la tierra. Él es muy noble y siempre me dice que su casa es mi casa y que, aunque ya yo no trabajé para él, puedo quedarme a vivir con ellos, que no le molesto y que me aprecia como a un hermano, pero yo sé que tengo que buscar mi propio camino, la senda que vengo soñando por años donde encuentre mi propio hogar, ese hogar soñado que se encuentra en el corazón de la mujer que amo, que, aunque distante la encontraré. No pierdo la esperanza de volver junto a ella, la necesito más que nunca y un día no muy lejano me iré a su encuentro. Hoy es una noche de esas que los pensamientos no me dejan dormir y después de dar vueltas en la cama le toca a uno pararse y salir al patio a tomar un poco de aire fresco para desahogar las penas que son muchas y por tan prolongado periodo de tiempo que no te deja vivir en paz.

Ya en la mañana me dirijo al trabajo, voy con mi amigo charlando un poco de todo, le digo que ya está llegando el momento ¿Momento de qué? me dice, de partir, lo haré, en cuánto vendas el negocio, pues ya no me necesitarás más y entonces yo tomaré mi camino, camino que está escrito en el libro de mis días. Sé que te voy a extrañar tanto a ti como a María tu compañera, lo llevaré conmigo muy dentro de mi corazón por todo el bien que me han hecho, pero ya presiento que el momento está por llegar y es después que se vaya el invierno, pasaré la próxima navidad con ustedes y al rayar la primavera tomaré mi camino como le había prometido a Karina la última vez que estuve con ella. Siento que te vayas me dijo, sé que después de tu partida ya no te volveré a ver, te entiendo pues muchas veces hemos hablado de eso y sé que será el final de todo. Pero yo siempre te desearé mucha suerte, eres mi hermano, aunque no de sangre te siento así, el hermano que nunca tuve, por lo cual he depositado mi cariño en ti, y me dará una gran nostalgia el día de tu partida, pero te digo que si algo no sale como tú lo has pensado, no dudes en regresar, yo siempre te estaré esperando.

Hablando de mi partida el camino se nos hizo corto, íbamos como dos tontos llorando todo el trayecto hasta llegar al negocio, fue un momento muy emotivo, pues llevamos años compartiendo casi sin separarnos, trabajando juntos, pescando en el mar en los días libres, haciendo barbacoa por las noches y conversando de tantas cosas que los dos hemos vivido en nuestro largo peregrinar. Ya estamos tan viejos como el camino, pero con deseos de alcanzar los sueños que no se lograron, en aras de luchar para no dejarnos vencer del hastío que persiste en derrotarnos.

Ya en el negocio, me pongo a limpiar los anaqueles mientras Camilo atiende un cliente que busca algo para un regalo a su esposa, de acuerdo con la conversación que está teniendo con mi amigo, quiere algo especial para el día de su cumpleaños. Ha tardado bastante revolviendo todo lo que hay y por fin escogió una estola de invierno muy fina, de lana virgen hecha en Italia. Después de pagar, le preguntó a Camilo si todavía tiene la tienda en venta, se lo había dicho alguien que lo conocía. Sí, le dijo mi amigo, si me pagan lo que pido la venderé, si le interesa podemos hablar en mi oficina y ver si nos ponemos de acuerdo en el precio. Después de una larga conversación, quedaron en que regresaría con su esposa para que ella también fuera participe del mismo. Dijo que regresaría en unos quince días. Lo bueno de todo es que la vida no se detiene, unos quieren dejar el negocio y otros están listos para emprender de nuevo.

Me puse a cavilar que, si esto se vende, qué haré, pues falta mucho para que llegue la primavera que es donde tengo pensado viajar. Si eso sucede, por el momento me dedicaré a la pesca mientras llegue el día de marchar, no me gusta estar sin hacer nada, pues el ocio no es bueno para alguien como yo que tiene tanto en que pensar. Que he pasado mi vida llena de percances tratando de estabilizarme y no he podido por diferente circunstancia.

Llegado el final de la tarde, Camilo y yo nos preparamos para regresar a casa, allá nos espera María su esposa, haciendo la cena para cuando lleguemos sentarnos a comer los tres como una familia, tienen tres hijos profesionales, con buenos trabajos y viven en diferentes Estados de la unión, los visitan para las navidades mayormente. Los nietos los visitan en vacaciones, son adolecentes muy educados y buenas personas como sus abuelos, en los años que llevo aquí los he visto varias veces, me llevo muy bien con ellos, y hasta me llaman abuelo, de cariño. Así que no están tan solos como yo que no tengo perro que me ladre.

Pasado varios meses se acerca el momento que vengo esperando, eso me alegra y a la vez me pone triste y un poco nervioso, me da miedo lo que vendrá, lo desconocido siempre inquieta, más yo, que presiento que mi etapa está llegando y aunque lo he deseado tantas veces, los humanos estamos atados a esta Tierra y no la queremos abandonar, -razón desconocida-.

Sigue girando el reloj, y por fin Camilo vendió la tienda, aquel que quedó en venir nunca lo hizo, pero uno que tiene varios locales aquí se interesó por el puesto, pagó muy bien por éste, ahora quedamos sin trabajo, pero libres de emprender un camino nuevo. Mi amigo me dio dinero como pago a los años que llevo con él, éste me servirá para cuando me vaya pueda mantenerme por cierto tiempo, hasta ver qué va a ser de mí. Ahora tengo mucho tiempo libre para conocer mejor el pueblo, trataré de recorrerlo de punta a punta para no olvidarlo nunca, por lo generoso que ha sido conmigo, desde el día que vine aquí. Si estuviera que elegir un lugar para instaurar mi estadía, ese sitio sería en este lugar, donde a pesar de todo, he vivido tranquilo, gracias a mi amigo.

El frío arrecia, con él vendrán las navidades que tanto me entristecen, estamos en el mes de diciembre, la gente anda alborotada haciendo compras para las celebraciones, yo compraré algo para María, los hijos y los nietos, no comparto la idea del derroche, pero debo cumplir con quienes son fieles a sus tradiciones, pues yo también un día fui así, pero con tantas experiencias vividas la mente me cambió y pienso que hay cosas mucho más importantes en esta vida que debemos resolver, antes que gastar el dinero en tonterías. Por ejemplo, en este país tan rico, hay muchas personas viviendo en la calle, sin techo que le cobije del frío, pasando hambre, comiendo de los zafacones al igual que las ratas. Es algo que como sociedad debemos pensar, de qué está pasando, en qué estamos fallando, que las calles están llenas de indigentes y las cárceles colmadas de presos; que lejos de ayudar, esto agrava el problema, pero pienso que el meollo del asunto es que los más ricos son los dueños de la mayoría de las prisiones, y este despiadado negocio le es muy rentable a aquellos que invierten en él. Es el negocio de los poderosos, los mismos de siempre, los dueños de todo. Antes te esclavizaban para llevarte a sembrar el campo de caña o de algodón, para ellos, los hacendados, hacerse ricos, hoy es lo mismo, lo único que ya tú no siembras, pero ellos te siembran en un calabozo, para cobrar por ti, y en muchas prisiones los dueños de fábricas compran el derecho de hacerte trabajar por centavos, para mayor esclavitud. Esta cruel situación de la gente parece de nunca acabar, mientras los gobiernos corruptos sólo subsidian a los que más tienen, que viven del sudor de los pobres. Es el juego al que te somete la sociedad, una especie de laberinto aturdidor, que no te deja espacio para zafarte y por mucho que lo intentes, se hace imposible escapar.

Transcurridos los días, pasaron las navidades. Muy triste para mí, pude compartir con la familia, que como siempre me trataron con la nobleza que los definen y pude pasarla bien en su compañía. Ahora me toca empezar los preparativos a mi regreso de donde vine, que va a hacer en muy corto tiempo de acuerdo con lo pensado, pues en tres meses más se hará primavera y las aves empiezan a retornar de donde han estado para empezar a fabricar el nido de las próximas generaciones que los sustituirá. Yo también emprenderé el vuelo de mi vida, esta vez será definitivo, no como en épocas anteriores, me dejaré a merced de la vida, del viento que me lleve hasta el final de mi ciclo. Para empezar de nuevo, como sueño cada noche cuando el silencio se hace eco en mí y alucino dormido fantaseando con mi retorno triunfar a una vida nueva llena de luz y colores, así como el arcoíris contemplando la lluvia caer, que nutre el suelo para que prospere la espesura que sostiene la vida en el bosque, entonces oraré con el delirio de un demente, para que Dios me lleve con ella, allá donde esté.

Mañana comienza el fin de semana, me iré con mi amigo a la faena pesquera, echaremos la red como nunca, con fuerza, ya que estamos bien descansados de vagar por varios meses, traeremos algo de pescado para comer y regalar a los vecinos. Muchos me preguntan que si me voy del pueblo, les digo que aún no sé si eso sucederá, pues están acostumbrados a verme por la ciudad vagar, siempre les llevo un saludo cordial y una tímida sonrisa para que no me vean los dientes envejecidos por los años, manchados por el café y el vino que tanto me deleita por las noches cuando el recuerdo llega a mí, para dificultar mi sueños, entonces se hace presente el déjá vu, de tierras lejanas que parece haber vivido antes, en una vida presagiada, que pareciera tan real como la vida misma para quienes lo entendemos de esa manera.

Van pasando los días, estoy disfrutando de esta familia cada instante, sé que pronto me marcharé y eso me tiene triste, mi amigo Camilo, también lo veo afligido, sé que presiente mi partida y no quisiera que me marche, pero de igual forma es consciente de mi destino y sabe que eso tiene que suceder.

Es un domingo hermoso, no pudimos ir a pescar porque mi amigo se sentía un tanto quebrantado y prefirió quedarse en casa, yo en cambio fui a recorrer el pueblo como de costumbre y sentado frente al mar estoy contemplando la tarde que luce perfecta, de una primavera fantástica, aunque todavía estamos en invierno, tengo el privilegio de contemplar el cielo despejado y agonizante que se funde con la tarde y a medida que oscurece, sólo quiero estar con ella como antes y lo único que pienso es, ¡cuándo llegará ese momento!.

Cayendo la noche me fui a casa de mis amigos, María y Camilo me esperaban para cenar, siempre lo hacen, yo trato de no estar tarde para no hacerlos esperar. Ya sentados en el comedor le platico de por dónde andaba dándole el último vistazo al pueblo. Después de comer nos pusimos a platicar de diversos temas, hasta que llegó la hora de descansar.

Ya acostado me pongo a pensar en mis amigos que dejé de ver un día, cuando regrese trataré de encontrarme con alguno de ellos, en especial mi amigo Milesio que tal vez esté rondando por los parques y pueda ayudarlo como él hizo conmigo cuando lo necesité, nada me daría más agrado que verle de nuevo y darle un fuerte abrazo, ya que ni nos pudimos despedir el día de la partida, que nos cogió de sorpresa y el aún no había llegado de donde estaba.

Tendremos mucho que contarnos por los años que han pasado sin contacto alguno. Si sucediera ese encuentro sería un milagro en nuestro destino sin parangón y habría un nuevo remembrar de aquellos tiempos, que con nostalgia recuerdo hoy. Esos días fueron para mí de gran aprendizaje, donde se aprecia la verdadera calidad humana, se da todo a cambio de nada material: lo de humanos brotaba por la piel del grupo que estuvimos luchando por una vida mejor, unidos uno al lado del otro para ayudar a sobrevivir los más desaventajados del montón, que por su edad y quebrantos había que asistirlos de vez en cuando. Esta es una las experiencias más hermosas que haya vivido yo en todo mi camino recorrido, en mi largo peregrinar a través de los días de infierno y paz que hubo en mi existir. Tanto afuera como adentro nunca pude encontrar tanta calidad humana en un grupo de personas que apenas se podían valer por si mismo, pero que colaboraban en todo lo que podían sin recibir nada a cambio, se deshacían de lo propio para ayudar a los demás, sin importar quien fuera el desafortunado que había que asistir, como conmigo cuando llegué desorientado con frío y falto de cariño humano que conseguí con el conjunto que hoy día no sé nada de ellos, si están vivos o muertos. Espero estén bien donde quiera que se encuentren.

Seguía corriendo el tiempo, sin que nadie lo detuviera, se acercaban los días que tanto esperé y que a la vez me dan mucho miedo, pues presiento que aún me espera un largo suplicio que tengo que sortear. Mis días aquí en la tierra han sido largos, más de lo que yo esperaba. No sé cómo interpretar mi longevidad, si por bien o por mal, ya que nunca pensé que podía durar tanto compartiendo de este mundo y he deseado partir, algo me tiene atado a este orbe, que realmente no sé lo que es. Pero que todo tiene su tiempo y el mío no ha llegado todavía y no hay que agitar las olas, pues ellas solitas llegan a la orilla y luego se van, para regresar de nuevo.

Se acercan los días de mi partida, pronto empezaré a preparar mi equipaje, será muy liviano para que no me estorbe y pueda encontrar cotejo en cualquier parte; no soy de los que piensa que llevaré conmigo lo que posea, pues el camino es largo y el equipaje puede ser una pesada carga innecesaria. Me iré después de la medianoche, que no me vean partir para no dejarle tristeza en el corazón a nadie, ni a la gente del pueblo que me conoce, ni a mis amigos que de seguro vamos a llorar y entonces se me hará más difícil la partida. Ya le escribí una misiva para cuando me marché cualquier noche de esta, esa será mi despedida. Se acostumbrarán a mi ausencia igual yo a ellos, pero la amistad no tiene fronteras y nos recordaremos para siempre mientras estemos vivos, Y tal vez quien sabe si nos encontraremos en un más allá.

Llegado el día, y pasada la media noche, me levanto en puntillas para no despertar a mis amigos María y Camilo, ¡cómo los extrañaré!, pero el momento es ahora para seguir andando. Voy rumbo a la terminal de buses, tengo mi boleto para el que sale a las dos pm. Lo había comprado con antelación para estar seguro de que me iría en el momento preciso. Alcanzando el terminar veo a la gente haciendo la cola, esperando la llegada del bus que nos llevará al puerto elegido. La mayoría tienen cara de sueño, yo estoy aturdido por la emoción de que al llegar lo primero que haré es visitar mi amada, alcanzaré a llegar casi a la hora de entrada y así podré aprovechar el tiempo que dan a las visitas para estar con ella. En el camino nos anuncia el conductor de que en media hora pararemos a descansar los músculos, tomar café o comer algo; yo aprovecharé la parada para comprar un café y regalos para mi amor, tal vez un peluche que tanto le gustan, como cuando vivíamos juntos, que le regalaba cuanto peluche encontraba para ella, que los distribuía en cada rincón de la casa, le llevaré flores, pero estas las compraré cuando alcance la ciudad, para que lleguen frescas. Se sentirá amada como siempre y yo estaré feliz al lado suyo.

Ya al pie de la tumba puedo notar el descuido de ésta, parece que nadie viene a visitarla desde hace mucho tiempo, esto me indica que probablemente sus padres ya están muertos o enfermos, pues no creo que hayan dejado de venir sin ningún motivo, su única hija la cual adoran. Antes, cuando yo venía todo estaba limpio y ordenado, y aunque nunca los vi, sé que venían a limpiar la tumba y se notaba tan distinto de cómo se encuentra hoy.

Después de saludarla y decirle cuanto la he extrañado, me pongo a limpiar el lugar, le coloco el peluche en el sitio adecuado y sitúo las flores lo más cerca posible de ella, para que su olor le llegue con la brisa. Mientras trabajo voy contándole el motivo de mi larga ausencia, ella me entiende como nadie en la vida, yo también a ella y los dos nos consolamos, le digo que de hoy en adelante la visitaré todas las noches y dormiré a su lado hasta que nos sorprenda el alba. Después de varias horas platicando, le digo que es hora de marchar y que regresaré en la noche.

Fuera del camposanto empiezo a caminar por el sitio donde andaba antes, voy a tomar la misma ruta de cuando salí de la cárcel, pasaré por el parque done viví primero y luego iré por el camino que me condujo mi amigo Milesio, visitaré el carrito de comidas, degustaré algo bueno, y luego llegaré hasta el taller para ver si han sabido algo de mis compañeros de infortunio y ver si alguien sabe el paradero de ellos. Ya recorrido el trayecto, llego hasta el taller, el primero que veo es a Roco, el dueño, me mira fijamente como queriendo decirme que es lo que hago allí, pero luego se acerca y me da la mano, me dice, apenas te conocía, a pasado el tiempo creía que no te volvería a ver. Así es señor Roco le repliqué, usted ¿cómo se encuentra? le dije, bien, me contestó. Dígame, señor Roco si por casualidad ha visto algunos de mis amigos por estos lares. Sí, me dijo, he visto a Milesio, pasó por aquí un año después que se fueron ustedes, luego lo vi pasar varias veces, pero ya hace mucho no lo he vuelto a ver. Ya finiquitado el encuentro, me dirijo al parque que está junto aquí, en el que milité varias veces, no sin antes comprar algunos periódicos para ver si encuentro acotejo en algún lugar. Puede ser una habitación que la alquile. Sentado en el mismo lugar que antes lo hacía, empiezo a ojear el mismo, en la sección de alquiler y veo que rentan un cuarto no lejos de este sitio. Rápido me levanto y voy de prisa antes que otro se me adelante.

Toco la puerta, me abre una señora con cara amistosa, dígame, señor, ¿en qué puedo servirle?, vengo por la habitación que alquila, si es que está vacante todavía. Sí, me dijo, me puse muy contento y después de platicar un rato me pidió una identificación, la miró y me dijo el cuarto es suyo, le di el depósito y las gracias muchas veces. Ya resuelto el problema de vivienda me voy a dar una vuelta por el barrio, tengo mucho no lo visito desde aquella hermosa noche que pasé con mi amada antes de entregarme por la fuga, veré en qué ha cambiado y podré ir sin prisa, ya que nadie me conoce allí, han pasado treinta años desde entonces y los que fueron mis amigos estarán tan viejo como yo o se habrán muertos. Ya frente al lugar que pernocté por muchos años no está el viejo edificio, han construido uno el triple de aquel que fue mi refugio y que con nostalgia, parado frente a este gigante de cemento y acero se me salen las lágrimas al recordar aquellos días que pasaron. Sigo caminando por las calles de aquel barrio que tantos recuerdos me trae y a pesar de los muchos cambios, empezando por la gente que pocos quedan de mi tiempo, siguen vivas algunas otras cosas, los pequeños negocios, la panadería del frente que sigue intacta y otros cuantos locales más que no han cambiado. Creo que se ha perdido un tanto la alegría de la gente que te miran con pesadumbre, como si todo fueran enemigos y puede notar la desconfianza en sus miradas cuando pasan a tu vera.

Después de una larga caminata me regreso al cuarto que alquilé para descansar un poco y así poder visitar a Karina en la noche. Ya que estoy aquí no quiero dejarla tanto a solas para que no se aburra del silencio, iré lleno de amor para entregárselo todo, hasta que amanezca, entonces me toca regresar a descansar. Así fue, la noche se tornó espléndida, ahondamos más que nunca en nuestra espiritualidad, empezamos a preparar el camino del encuentro verdadero, su presencia estuvo en mí como nunca. Bajó en alma que es el cuerpo que tomamos después del descenso aquí en la tierra, estaba sonriente y hermosa como siempre, me quedé maravillado cuando la vi, traté de abrazarla, ella me lo impidió y me dijo que era lo que más anhelaba, pero que no era el momento preciso, que el día llegará y que fundido en un abrazo estaremos para siempre. Ya con el amanecer nos despedimos, no sin antes prometernos un rápido encuentro. Partió cada cual, por su lado, ella regresaría del lugar de donde vino, yo a la pensión donde duermo, hasta una próxima vez. Así pasaron los días y las noches, siempre con el deseo de vernos cada vez más, aún la lluvia de la primavera no ha cesado, yo no dejo de ir cada noche a hacerle compañía. El vigilante del lugar, que una vez fue el enterrador, se me arrima y me dice tenga esta cobija no se moje para que no enferme y me recuerda que no estoy supuesto a estar allí en la noche, pero que me comprende porque sabes la historia que un día le contó la señora madre que visitaba la tumba con frecuencia a la joven que hoy yace en ese lugar que fue su esposa. Le agradecí mucho su consideración para conmigo, no quiero perjudicarlo, le dije, pero entienda ella es el amor de mi vida y no puedo vivir sin estar a su lado aún de esta manera, por eso lo dejo estar porque lo entiendo, pues yo viví algo parecido cuando murió mi esposa, todavía la amo y la recuerdo cada día, pero tuve que seguir a delante para poder criar mis tres hijos que me dejó cuando el destino nos separó. Hay que seguir aun con el corazón roto, la vida no se detiene me dijo. Después de la charla con mi amigo el ex enterrador hoy vigilante, se fue a descansar un rato y yo quedé allí junto a ella hasta el amanecer.

Caminando por la calle rumbo a la pensión donde vivo, voy pensando en la conversación que tuve con el vigilante, creo que debo ir allí menos frecuente para no buscarle problemas a este señor que es tan buena gente para conmigo, iría solamente el fin de semana, el resto de los días trataré de hacer algo de trabajo para pago del cuarto y no se me acabe el dinerito que tengo y verme obligado a dormir en la calle como antes. Pero como es difícil encontrar quien me de trabajo tendré que recoger botellas como al principio cuando salí de prisión y ahora se me hará más difícil por la falta de compañía y en absoluta soledad.

Seguían pasando las semanas y los meses, yo no sabía qué hacer, el verano estaba en todo su esplendor y pronto llegaría el invierno, esto me tenía muy preocupado y en verdad no sabía qué rumbo tomar. Veía todo diferente a cuando llegué la primera vez, que tuve la suerte de encontrar mi amigo Milesio, hoy no sé por dónde empezar, viejo y cansado por los años apenas podré arrastrar el carrito con botellas que sería el único trabajo dispuesto para mi, dando vueltas por la ciudad, atrapado en ese laberinto cada día para poder sobrevivir al hambre el frío y el desamparo que aún es más cruel.

Después de estar en la pensión tuve que abandonarla por falta de dinero y regresé a mis andanzas. Lo último que me quedó de lo que traje lo invertí en prepararme para pernotar en el parque, trabajar cada día en el negocio de botellas. Así fue pasando el tiempo, e hice algunos amigos que veo cada día por ahí, no como el primer grupo, pero conversamos algunas veces para no sentirnos tan solo. De noche nos reunimos para hacer fogata y calentarnos del frío aterrador que se siente, compartimos el alcohol que se vuelve parte del diario existir. Han pasado dos años que regresé de la ciudad que viví con mi amigo Camilo, no he vuelto a saber de esa familia que tanto les agradezco y sé que tengo las puertas de su casa abiertas no he pensado ni un instante en regresar para no dejar a Karina sola nunca más.

Casi está finalizando el verano, los días se tornan un tanto grises, señal que el invierno se encuentra a la vuelta de la esquina, la brisa se hace fría en esta noche que comienza, e inquieta al pensar que pronto llegará el crudo invierno, con él, la nieve que es linda cuando empieza a caer, pero luego se congela para tu tormento cuando vives en la calle.

También sé que éste será mi último verano ya estoy cansado de rodar y quiero asentar mi estadía en otro lugar que no sea la tierra para cambiar de ambiente, donde no tenga que recoger botellas para sobrevivir y no depender de otro por vergüenza.

Hoy es viernes, trataré de quedarme el fin de semana completo cerca de ella, llevaré de beber y comer para no tener que salir de su lado. Le haré una limpieza profunda a la tumba y sus alrededores para que se sienta contenta, siempre fue aficionada con la limpieza, cosa que me maravillaba de esa mujer, hoy me toca a mí hacerlo ya que ella está ausente en cuerpo, más no en alma y espíritu, porque yo sé que está muy cerca de mí.

Tocando la media noche salgo a cumplir la tarea que más disfruto, "estar con ella", voy cantando por el camino, llevo el corazón contento, con el presentimiento de algo sublime que se acerca a mi persona, es su presencia que me va acompañando como si fuera mí sombra, hombro a hombro conmigo, atizándome el paso como mujer en celo en espera del amor. No hay tiempo que perder, es que me esperaba, y creía que esta noche no vendría a estar con ella, se me hacía tarde y yo casi vengo después de caer la nochecita y no tan tarde como hoy o es que hay otro motivo que me espera con tantas ansias. Quizás el momento ha llegado de decir adiós, a este mundo de tantas cosas, más ilusiones, que es lo que está más arraigado en el corazón de los mortales que le hace soñar. Ya en su morada respiro su olor inconfundible, creo que ha venido de muy lejos, es un momento especial como nunca había vivido con ella, nos miramos de frente con los ojos del alma y entonces entendimos que había llegado el momento que tanto habíamos soñados y después de conversar por largo rato ella se despidió, me dice que me espera allá en casa, momento que me manifiesta su partida, siento una gran soledad y el deseo de seguirla, pero no sé cómo hacerlo, no conozco el camino que me lleve a ella, mas ella que leyó mi pensamiento, me dijo, el amor es el camino, él te guiará donde se encuentra nuestra casa, ten fe.

Prosiguió la noche, yo me encontraba en un laberinto, no sabía por dónde empezar, dándome cuenta de que aquello de amanecer al pie de su tumba se había acabado, ella se marchó para siempre de aquel lugar oscuro que imaginaba mi mente para ir en busca de luz. Ya no tenía sentido mi presencia en este lugar y lo mejor que debo hacer es marcharme tras ella y para ello debo poner de mi parte y emplear mi imaginación y toda mi fe para que suceda el milagro, entonces arrodillado e implorando al cielo que me lleve donde ella, surgió un inmenso remolino, que me envolvió con fuerza y viajando en él tras la noche solitario llegué más allá de los límites del mundo, envuelto en brumas y con el rocío de la mañana desperté junto a la alameda de un río donde un inmenso puente colgaba de un lado al otro, yo quedé justo en la orilla de éste mirando el sendero por donde debía cruzar, había grandes arboledas en ambos lados, miré hacia el fondo de su cuenca y pude ver el agua más limpia que había visto en mi vida, empecé a caminar agarrado de la barandilla mirando hacia sus aguas que dormidas se notaban en el amanecer, me sentía animado a cruzar el largo camino de este colgante que parecía no tener fin, iba flotando con el aire mañanero que acariciaba mis mejillas arrugadas por los años y mirando todo lo que se movía a mi alrededor, todo aquello se notaba con vida, parecía que las ramas me hablaban, algunas otras tocaban sublimes melodías de amor y esperanza. Yo seguía entusiasmado siguiendo el atajo que perseguía con alegría y preguntándome ¿dónde éste me llevaría? Caminaba despacio para no perder lo que allí se veía, era algo fantástico lo que estaba sucediéndome, me parecía un sueño de esos que son difícil de describir. Entonces empezó a despuntar el día, los rayos del sol se asomaban a la distancia, con su mágico reflejo que armonizaban el camino, yo miraba hacia lo lejos nubes dispersas en el cielo, que lucían de un azul turquesa purificado que entonaba con el escenario, nada me detenía y a pesar de mis años no sentía cansancio, mi objetivo era llegar más allá de donde vuela el viento para alcanzar la meta deseada. A los lejos veo volar dos palomas blancas, van surcando el horizonte hacia el este, que es donde nacen los sueños encantados cuando despierta el día. Ahí también voy yo en busca del edén perdido, en el cual los sueños se hagan realidad. Ya avanzado el pasaje, advierto la silueta de alguien danzando en mitad del camino, no sé qué pueda ser todavía, pero parecieran niños jugando el salto de la peregrina, que es un juego muy popular en los barrios de nuestras ciudades. Sigo avanzando por el puente, sin dejar de mirar lo que hay a mitad de éste y a la distancia me forjo cien imaginaciones y preguntas que no me puedo responder, pero ahí voy marchando de prisa sin cesar, empujado por la corriente del río que me anima aun sin tocar sus aguas, su sonido me remonta al tiempo infinito de las cosas, de los días, de las noches cuando las aguas de lluvias irrumpían en el silencio de aquellos días sin luz, a la sombra del olvido.

Más hoy voy caminando en alma libre, como gaviotas errabundas hendiendo las arenas del mar para encontrar alimentos de subsistencia. Yo voy en busca del amor, que es mi alimento, para seguir hasta encontrar mi alma gemela. Ya pasado algún tiempo en mi larga caminata veo asomar en el horizonte algo que ojos humanos nunca han visto, tres soles enfilados uno tras otro, escoltando otros tres soles reales con coronas de diamantes a muy poca distancia de los primeros tres, es algo maravilloso este despliegue de belleza alcanzando el medio día, estoy exhausto mirando tan sorprendente rareza y resido empezando a entender que he traspasado la línea que divide el antes y el después donde florece la sabiduría que enardece el espíritu del humano para perpetuarlo en el tiempo. Prosigo sin detenerme marcando el paso por si estuviera que regresar, pero ya estando a mitad del camino, noto que la silueta que percibí a la distancia se trataba de tres niñas, con edades comprendida entre cinco y siete años, que al verme dibujan en sus rostros caritas de alegría, se acercan de prisa con deseo de que las abrace y sin medir distancia sucede el milagro. Me agarran de la mano y con esa ternura que sólo un niño puede dar me besan las mejillas y llamándome papá me invitan a casa donde mamá nos espera. Sorprendido y a la vez entendiendo lo que sucede emprendemos la caminata, bajando una pendiente que parecía no tener final, donde de lejos se divisa un gran campo de trigo que aparentaba tener el mismo color del sol con rayos semis rojizos como si de un cuadro se tratara. Llevo conmigo una gran alegría y agarradito de la mano de mis tres amores sigo bajando la cuesta, mi corazón exaltado por el encuentro y alegre por la recompensa que me está brindando la vida, sé que al encuentro me espera el gran amor de mi vida. Ya a poca distancia del lugar percibo su olor, algo muy característico en ella. Y al llegar nos dimos el más fuerte abrazo de nuestra existencia, juntos a nuestras tres hijas. Poniendo fin a varias décadas de sufrimientos y hastío, al encontrar el hogar eterno que tanto habíamos soñados.

FIN